그 섬에 내가 있었네

그 섬에 내가 있었네

사진 · 글 김영갑
1판 1쇄 인쇄 / 2004. 1. 20.
4판 1쇄 발행 / 2023. 10. 10.
발행처/ Human & Books
발행인/ 하응백
출판등록/ 2002년 6월 5일 제2002-113호

서울특별시 종로구 삼일대로 457 수운회관 1409호
전화 02-6327-3535~7, 팩스 02-6327-5353
이메일/ hbooks@empas.com

ISBN 978-89-6078-772-8 03810

그 섬에 내가 있었네

김영갑
사진·글

Human & Books

KIM YOUNG GAP GALLERY DUMOAK

두·모·악

차
례

작고 보잘것없는 곳에 숨겨두신 희망 / 황대권 … 8

시작을 위한 이야기 … 27

1 섬에 홀려 사진에 -미쳐

세상에서 제일 뱃속 편한 놈 … 35

그 여름의 물난리 … 42

외로운 노인들의 말벗 … 46

고향이 어디꽈? 빈 방이 없수다 … 52

울적한 날에는 바느질을 … 60

지키지 않아도 좋은 약속 … 68

나는 바람을 안고 초원을 떠돈다 … 74

오름에서 느끼는 오르가슴 … 82

산을 넘으면 또 다른 산이 … 88

한라산 기슭의 노루가 되다 … 92

어머니의 쌈지 … 97

상처투성이 아버지의 죽음 … 104

결혼도 못하는 소나이놈 … 110

영개바, 나이 들엉 어떵허려고 … 114

나의 전속 모델 … 119

뭍의 것들, 육지 것들 … 125

믿을 수 없는 일기예보 … 129

아름다움은 발견하는 자의 몫 … 137

떠나보내는 심정 … 146

다시 마라도 … 152

내 삶의 길라잡이 … 157

2 조금은 더 머물러도 좋을 세상

동백꽃은 동박새를 유혹하지 않는다 … 175

혼자 부르던 노래마저 그치니 … 180

어둠 속에서 길을 잃다 … 184

몰입의 황홀함 … 191

유효 기간 … 200

기다림은 나의 삶 … 205

단 한 번도 사랑한다 말하지 못했다 … 211

누이는 말없이 나를 길들였다 … 220

여우와 두루미의 식사 초대 … 226

길 끝에서 또 다른 길을 만나다 … 231

폭풍우 속에서도 태양은 떠오른다 … 235

한겨울에 숨어 있는 봄 … 240

이어도를 훔쳐본 작가 / 안성수 … 246

『그 섬에 내가 있었네』의 탄생 20년을 기념하며 / 하응백 … 252

작고 보잘 것 없는 곳에 숨겨두신 희망

김영갑, 나이 47세, 직업 사진작가, 가족관계 독신. 서울에 살면서 전국을 돌며 사진 작업을 하다가 1982년에 제주도의 풍광에 홀려 그곳에 정착, 20년 가까이 오로지 제주도의 중산간 들녘을 필름에 담는 일에 전념. 삼달리의 폐교를 임대하여 2년여의 작업 끝에 국제적인 수준의 아트 갤러리를 꾸며 운영 중.

김영갑 님은 자신이 불치의 병인 루게릭 병에 걸린 것을 알고 이태 전 반평생을 걸쳐 사랑해 마지않은 제주도에, 제주도가 아니면 그 어디에서도 찾아볼 수 없는 아트 갤러리를 하나 만들었다. 그 안에는 자신의 생명과 맞바꾼 작품들이 상설 전시되어 있다.

마당에는 제주도의 상징인 바람과 돌과 사람을 주제로 기가 막히게 아름다운 정원을 조성해놓았다. 엄청난 공력이 들었을 이 정원을 그는 거의 혼자의 힘으로 만들어냈다. 본인의 말로는 점점 퇴화하는 근육을 놀리지 않으려고 했단다.

하지만 그의 몸 상태를 보면 도무지 믿기지 않는 사실이다. 아직 관공서에서는 알아주지 않지만, 그러거나 말거나 그가 만든 '김영갑 갤러리 두모악'은 입에서 입으로 전해져 점차 제주도의 명물이 되어가고 있다. 이제 그 누구도 제주도가 문화의 불모지라는 말을 할 수는 없으리라.

    감히 말하건대 이 시대의 희망은 도시에 있지 않다. 제국 로마의 희망이 대도시 로마에 있지 않고 로마가 짓밟아버린 변방의 팔레스타인에 있었듯이, 이 시대의 희망은 도시가 짓밟아버린 농촌과 지방의 작은 도시들에 있다.

    신께서는 희망이라는 물건을 크고 번쩍이는 곳이 아니라 작고 보잘것없는 곳에 숨겨놓으셨다. 희망의 희 자는 바랄 희希 자이지만 희귀할 희稀 자도 된다. 누구나 볼 수 있는 곳에 걸려 있는 희망은 선망에 가깝다. 선망은 너무도 쉽게 욕망으로 변질하고 만다. 희망을 품고 도시로 몰려든 사람들이 얼마 가지 않아 욕망의 노예가 되고 마는 것은 어쩌면 너무도 당연한 일이다.

황대권
생태운동가, 『야생초 편지』의 저자

내 마음의 풍경

들판에는 내 마음을 사로잡는 풍경이 있습니다.

마음이 불편할 때마다 찾아가 세상을 탓하고

나 자신을 탓합니다. 어린아이처럼 투정도 부려봅니다.

하지만 들판은 한결같이 반갑게 맞아줄 뿐입니다.

그리고 새들을 초대해 노래 부르게 합니다.

풀벌레를 초대해 반주를 하게 합니다.

구름과 안개를 초대해 강렬한 빛을 부드럽게 만들어줍니다.

해와 달을 초대해 스포트라이트를 비춰줍니다.

눈과 비를 초대해 춤판을 벌이게 합니다.

새로운 희망을 보여줍니다.

마음이 평온할 때면 나는 그 들판의 존재를 까맣게 잊고 지냅니다.

마음이 불편해져야 그 들판을 생각합니다.

그래도 들판은 즐거운 축제의 무대를 어김없이 펼쳐줍니다.

들판이 펼쳐놓는 축제의 무대를 즐기다 보면 다시 기운이 납니다.

그런 들판으로부터 받기만 할 뿐, 나는 단 한 번도

대신 언제나 나에게 세상에서 정말 중요한 것이 무엇인지 알려줍니다.
나의 모습은 들판으로 나오기 전까지와는 많이 달라져 있습니다.
들판을 만나고 오는 날에는 잠자리가 편안합니다.

풀들이 자라고 있습니다. 나무들이 자라고 있습니다.
바람이 지나가는 길목, 풀과 나무들은 온갖 시련을 홀로 견디며
무성하게 자랍니다. 소, 말, 노루가 주는 시련은 그래도 괜찮습니다.
홍수가 나면 뿌리째 뽑혀나갑니다.
가뭄이 계속되면 잎들이 다 말라버립니다.
하지만 풀과 나무들은 하늘을 원망하지 않습니다.
가뭄이 들면 홍수를, 혹서기에는 혹한기를 떠올리며 참아냅니다.
때가 되면 태풍이 옵니다.
태풍은 온몸을 상처투성이로 만들어놓고 떠납니다.
이제는 사람들도 한몫을 합니다.
하지만 여전히 풀과 나무들은 삶을 포기하지 않습니다.
뽑혀나간 뿌리로 땅을 짚고 새 줄기와 가지를 키워 올립니다.

부러진 줄기와 가지를 추슬러 새순이 움트게 합니다.

끊임없는 비극과 고통 속에서도 풀과 나무들은

비명 한번 내지르지 않고, 불평 한번 없이,

절대로 도망치는 법도 없이 묵묵히 새 삶을 준비합니다.

다가오는 비극과 고통이 그들을 오히려 더 강한 존재로 만들어줍니다.

나에게도 비극과 고통이 닥쳐올 때가 있습니다.

나의 의지와는 상관없이 오는 것입니다.

이때 들판은 나에게 가르쳐줍니다.

어떻게 하면 시련을 성장의 또 다른 기회로 만들 수 있는지를….

그래서 나는 들판의 친구로 삽니다.

들판을 친구 삼아 나의 비극과 고통을 넘어섭니다.

아픔은 한동안 머물다 떠납니다.

행복과 즐거움보다는 불행과 슬픔이 나를 더 성숙하게 만듭니다.

나의 친구, 들판은 나로 하여금 새로운 존재가 되도록 해줍니다.

아주 조용한 목소리로, 아주 고요한 몸짓으로,

그렇지만 온몸으로….

시작을 위한 이야기

산다는 일이 싱거워지면 나는 들녘으로 바다로 나간다. 그래도 간이 맞지 않으면 섬 밖의 섬 마라도로 간다. 거기서 며칠이고 수평선을 바라본다. 마라도에선 수평선이 넘을 수 없는 철조망이다.

외로움 속에 며칠이고 나 자신을 내버려둔다. 그래도 모자라면 등대 밑 절벽 끝에 차려 자세로 선다. 아래는 30미터가 넘는 수직 절벽이고, 바닥은 절벽에서 떨어진 바위 조각들이 날카로운 이를 번뜩인다. 떨어지면 죽음이다. 정신이 바짝 든다. 잡생각이 끼어들 틈이 없다. 불안과 두려움이 계속된다. 눈을 감고 수직 절벽을 인식하지 않는다. 마음이 편안하다. 수직 절벽임을 인식하면 다시 두려운 마음이 든다.

산다는 것이 싱겁다, 간이 맞지 않는다, 살맛이 나지 않는다고 투덜거리는 것은 마음의 장난이다. 살다보면 때때로 죽고 싶다는 말이 습관처럼 튀어나온다. 현실이 고달플수록 도피처를 찾는다. 그 최종 도피처는 죽음이다. 원치 않는 상황에서 최종 목적지에 도착했을 때 나는 당황했다. 불안과 두려움에서 벗어나기 위해 죽음을 잊기로 했다. 죽음을 인식하지 않으면서 늘 평상심을 유지하려고 애쓴다.

하루에도 몇 번씩 호흡 곤란으로 죽음과 맞닥뜨려야 하는 것이 지금 나의 모습이다. 침을 삼키다가, 물을 마시다가, 이야기하다가, 잠을 자다가, 수시로 호흡 곤란에 빠져 눈물을 흘린다. 어쨌든 죽음이 가까이 와 있다는 현실을 인정할 수밖에 없다.

건강할 때도 문 밖이 저승길이라는 옛말을 늘 기억했다. 아름다운 꽃이 열흘을 가지 못하는 허무한 세상살이를 잊기 위해 미친 듯이 하나에만 몰입했다. 살고 싶다는 나의 기도는 사진 작업이었다. 누구의 간섭도 받지 않고 어디에도 얽매임 없이 사진을 찍는 하루하루는 자유로웠다.

진정한 자유인이 되고 싶어 홀로 걸었다. 자유로운 만큼 고통도 따랐다. 그러나 자유로운 삶의 어두운 부분도 내 몫이기에 기꺼이 감수했다. 진정한 자유는 혼자일 때만 가능하다는 생각에 마라도에서 혹은 이름 없는 섬에서 혼자 지내보았다. 그러나 며칠을 견디기 힘들었다. 그후로 진정한 자유인이 되는 것은 체념했다.

혼자선 살 수 없다는 걸 알면서도 늘 혼자이길 원했다. 혼자일 땐 온전히 사진에만 몰입할 수 있다. 남들이 일중독이라고 충고해도 웃어넘겼다. 중독되지 않으면 지금까지 드러나지 않은 세상과 삶을 보고 느낄 수 없었을 것이다.

이십여 년 동안 사진에만 몰입하며 내가 발견한 것은 '이어도'다. 제주 사람들의 의식 저편에 존재하는 이어도를 나는 보았다. 제주 사람들이 꿈꾸었던 유토피아를 나는 온몸으로 느꼈다. 호흡 곤란으로 삶과 죽음의 경계에 서 있을 때 나는 이어도를 만나곤 한다.

이젠 끼니를 걱정하지 않는다. 필름값을 걱정하지 않아도 될 만큼 형편이 좋아졌다. 그런데 카메라 셔터를 누를 수 없다. 병이 깊어지면서 삼 년째 사진을 찍지 못하고 있다. 끼니 걱정 필름 걱정에 우울해하던 그때를, 지금은 다만 그리워할 뿐이다. 온종일 들녘을 헤매 다니고, 새벽까지 필름을 현상하고 인화하던 춥고 배고팠던 그때가 간절히 그립다.

그때는 몰랐었다. 파랑새를 품안에 끌어안고도 나는 파랑새를 찾아 세상을 떠돌았다. 등에 업은 아기를 삼 년이나 찾아다녔다는 노파의 이야기와 다를 게 없다. 지금 내가 서 있는 이곳이 낙원이요, 내가 숨쉬고 있는 현재가 이어도이다. 아직은 두 다리로 걸을 수 있고, 산소 호흡기에 의지하지 않고도 날숨과 들숨이 자유로운 지금이 행복이다.

이제 난 카메라 메고 들녘으로 바다로 떠돌기를 더는 꿈꾸지 않는다. 아직도 두 다리로 걸으며 숨을 쉴 수 있는 행복에 감사한다. 풍선 불기를 연습하지 않아도 호흡할 수 있다는 것만으로도 나는 행복하다.

온종일 마을을 산책해도 사람들을 볼 수가 없다. 150호가 넘는 큰 마을이지만 구멍가게 하나 없는 한적하고 평화로운 중산간 마을 삼달리의 옛 초등학교 터. 그 안에 온종일 갇혀 지내지만 건강할 때 느껴보지 못한 평온한 날들의 연속이다. 나의 의지와는 무관하게 어떤 집착도 내겐 허용되지 않는다. 몸 따로 마음 따로이기에 아주 작은 욕심도 내겐 허용되지 않는다. 집착과 욕심에서 자유로워진 나는 바람을 안고 자유롭게 떠돌던 지난날의 추억을 떠올리며 혼자 즐거워한다.

나는 세상 돌아가는 이치가 궁금해 사진가가 되었다. 그리고 사진을 찍으며 아름다운 세상을 보았다. 대자연의 신비를 느끼고 하늘과 땅의 오묘한 조화를 깨달았다.

지금은 사라진 제주의 평화와 고요가 내 사진 안에 있다. 더 이상 사진을 찍을 수 없는 나는 그 사진들 속에서 마음의 평화와 안식을 얻는다.

아름다운 세상을, 아름다운 삶을 여한 없이 보고 느꼈다. 이제 그 아름다움이 내 영혼을 평화롭게 해줄 거라고 믿는다. 아름다움을 통해 사람은 구원받을 수 있다는 믿음을 간직한 지금, 나의 하루는 평화롭다.

내 사진은 '외로움과 평화'에 대해 이야기한다. 그것을 강조하기 위해 그동안 다양한 크기의 필름으로 작업을 했었다. 그중에서 파노라마(6×17) 사진이 내 사진의 주제를 표현하는 데 가장 효과적이라는 것을 알았다.

나는 기회 있을 때마다 이 땅에서 사진가로 살아간다는 것은 부끄럽고 서글픈 일이라고 고백했다. 사진의 홍수 속에 살아가면서도 사람들은 사진에 대해 너무 모른다. 나는 셔터를 누르기 전에 이미지를 완성한다. 한 장의 사진 속에 담긴 이미지는 누구도 함부로 훼손할 수 없는 것이다. 하지만 사용자의 목적에 따라 사진이 어이없이 재단되고 변형되는 것을 숱하게 봐왔다. 한 장의 사진에는 사진가의 영혼이 깃들어 있다는 것을 그들은 모른다.

　나의 사진을 나의 의도대로 전달할 수 있는 기회를 이십여 년 만에 얻었다. 허락해준 하응백 사장과 손현미 편집장, 정진이 디자이너 그리고 출판사 식구 모두에게 감사드린다.

갤러리 두모악에서

김영갑

1

섬에 홀려
사진에 미쳐

세상에서 제일 뱃속 편한 놈

사람들 속에서 튕겨 나와 유별나게 살다 보니 늘 외로웠다. 낮이면 정신없이 초원으로 오름으로 싸돌아다니며 카메라 셔터를 누르고, 밤이면 찍은 필름을 들여다본다. 외로움을 느낄 짬도 없이 분주하게 사진을 찍다 보면 잡생각이 끼어들지 않아 마음이 평화롭다.

한겨울이면 김치찌개, 비 오는 날이면 얼큰한 해물뚝배기 생각이 간절하다. 필름이나 인화지를 사러 제주 시내에 나갔다가 빵집 앞을 지날 때면, 고소한 냄새가 코를 자극해도 차비밖에 남지 않은 주머니 사정이고 보니 걸음을 재촉한다. 한두 시간 거리는 콧노래 부르며 흥겹게 걸어 다녀 버스비를 절약한다. 눈보라 치는 한겨울에는 전기장판이 있어도 전기요금이 늘 마음에 걸려 한밤중에만 사용한다. 전화요금을 제때 내지 못해 정기적으로 통화

정지가 되고, 답답함을 참지 못하면 전화국에 사정을 한다.

　궁핍함에 길들여진 탓에, 바쁘고 번잡한 도회지에선 누릴 수 없는 시간과 자유만큼은 넉넉하다. 그리고 그 덕에 내가 좋아하는 일을 하면서 느낄 수 있는 즐거움을 누릴 수 있다. 생활에서 오는 어떤 불편함도 이제는 가볍게 넘길 수 있다. 세상의 밝은 부분과 아름다움만을 보고, 눈치를 보지도 싫은 소리를 듣지도 않는다. 나의 궁색한 생활은 삶의 긍정적인 부분만을 느끼게 하고, 사람들과 아귀다툼하지 않아도 되는 하루하루를 선물한다.

　제주도에서 활동하는 다른 사진가나 화가, 조각가들은 이미 결혼해 안정된 생활을 하고 있으면서도 나를 부러워한다.

　"밥벌이 못한다고 비웃는 거요?"

　"먹여 살릴 처자식 없으니 작품 팔 걱정 안 해도 좋고, 끼니 떨어지면 이 집 저 집 가서 시장기 면하면 되고, 작업하기 싫으면 서울 가서 며칠 푹 쉬었다 오면 되니, 대한민국에서 너만큼 팔자 좋은 놈 있으면 나와보라고 해라. 너야말로 상팔자다."

　끼니는 굶어도 꿍쳐둔 돈 톡톡 털어 일 년에 한 번씩 개인전을 가졌다. 누구를 위한 전시회가 아니라 나 자신을 위한 것이었다.

　전시할 사진을 골라 액자를 손수 만드는 등 최선을 다해서 작품을 준비하지만 어느 누구도 일부러 초대하지는 않는다. 사람들의 평에 귀 기울이고 싶지 않아서다. 몇 사람이 다녀갔고, 몇 작품이 팔렸는지 아예 신경 쓰지 않았다. 또 디스플레이가 끝나면 웬만해선 전시장에 나가지 않는다. 작품들을 떼어내기 전까지 홀로 지내며 많은 생각에 잠긴다. 그때의 생각을 거름 삼아 다음 작품에 몰입하는 것이다.

모두에게 인정받기보다는 나 자신에게 인정받는 게 우선이다. 나 자신이 흡족할 수 있는 그 무엇을 느끼고 표현할 때까지는 사진으로 밥벌이하기 위해 여기저기 기웃거리지 않으리라고 마음을 다잡는다. 다른 사람들은 속일 수 있어도 나 자신을 속일 수는 없기에 늘 자신에게 진실하려 했다.

이 땅에서 자기가 원하는 사진만을 찍으며 산다는 것은 불가능하다. 카메라만 좋으면 근사한 사진을 찍을 수 있다는 편견 때문에 전업 사진가로 살아가기도 힘들다. 사람들은 뚜렷한 벌이도 없이 중산간 마을에 처박혀 십년을 버텨온 것도 기특하건만, 카메라 메고 무위자연하면서 일 년에 한 번씩은 꼭 개인전을 여는 나를 부러워한다. 밥벌이도 안 되면서 하고 싶은 일을 하며 혼자 살아가는 나를 보고 세상에서 최고로 뱃속 편한 놈이라고 말한다. 의료보험증이나 신용카드 하나 없이 살아가는데도 팔자 좋은 놈이라고 한다.

섬사람들은 혀를 차며 안쓰러워한다. 그러면서 김치도 가져다주고, 푸성귀나 호박 등 철따라 갖가지 야채를 나누어 준다.

"언제꺼정 촌구석에 처박혀 청승맞게 살꺼꽈? 시내 출입하멍 벗들과 어울려사 장가가주. 허구헌 날 집에만 틀어박혀 지내난 이추룩 살주."

"아직도 사진 칠 것이 남아수꽈? 도대체 몇 년이우꽈? 무덤 찍고 동자석 찍는데 경해도 돈이 됩수꽈?"

"밥벌이 안 되는 일을 언제꺼정 할꺼꽈? 시내 나강 사진관 하믄 돈 벌 텐데. 모두들 떠나지 못행 안달인 촌구석이 무사 좋앙 눌러앉앙 살암신지 이해하지 못하꾸다.”

“영 살아도 부모 형제들이 뭐랜 안 햄수꽈? 촌에서 고생하지 말앙, 고향으로 돌아갑서.”

동네 어른들은 불쑥불쑥 방문을 열고 안을 둘러보며 “몇백 년 살잰 이추룩 살암수꽈?”라고 혀를 차며 웃는다.

동이 트기 전 20킬로그램이 넘는 사진 장비를 둘러메고 집을 나설 때면 빈속을 채워줄 우유 한 잔 생각이 간절하다. 서너 시간 헤매고 다니다 당근, 무, 고구마 밭을 스쳐 지날 때면 주위를 살핀 후에 슬쩍해서 허기를 때운다.

우유 한 잔 마실 여유는 없지만 필름과 인화지만큼은 늘 여유가 있어야 한다. 양식이 떨어지는 것은 덤덤하게 넘길 수 있어도 필름과 인화지가 떨어지면 두렵다. 끼니를 때우지 못하는 괴로움은 작업하며 견딜 수 있지만, 필름이 없어 작업을 못하는 서글픔만은 참지 못한다. 그럴 때는 불안과 초조 속에서 잠 못 이루며 서성이다가 밖으로 나간다. 초원으로 바다로, 밤이슬을 맞으며 헤맨다. 그렇게 사진 작업을 하다 보면 순간순간 느껴지는 신명이 있으니 살아 있음에 감사한다.

재료가 없어 작업을 못할 때에는 삶의 회의에 빠져 넋이 나간 사람처럼 망연자실해 있다. 그럴 때면 나를 지탱하고 있던 뿌리들이 잘려나가 줄기만 남는다. 작은 충격에도 중심을 잃는다. 필름이나 인화지가 바닥을 드러낼 때가 가까워지면 애간장 태우며 기다렸던 기막힌 상황을 마주하고도 카메라

대신 눈으로 찍고, 마음에 인화를 한다. 내일은 더 좋은 상황과 마주하게 될 거라고 마음을 달랜다. 그리고 내일이 오면 또 다른 내일을 기다린다. 밥벌이 안 되는 일인 줄 뻔히 알면서도 사진만은 포기할 수 없었다.

그 여름의 물난리

올림픽 때문에 나라 안이 온통 잔칫집처럼 들떠 있던 여름, 장마도 큰 피해 없이 무사히 지나갔다. 장마가 물러가자 무더위를 피해 많은 사람들이 뭍에서 섬으로 몰려왔다. 피서 인파로 섬은 만원이었다. 여름 휴가의 절정을 이룬 그해 8월 초순이었다.

오후부터 시작된 비가 밤이 되면서 천둥번개를 동반한 폭우로 변했다. 밤새 섬을 뒤흔든 폭우는 다음날 아침이 되어서야 기세가 꺾였다. 그날 밤 나는 중산간 마을에서 지냈다. 며칠 동안 오지 마을에서 숙식하며 작업을 하고 있었는데 밤새 내리는 폭우 속에서 뭔가 심상치 않음을 직감했다. 새벽부터 텔레비전에선 섬 안의 물난리에 대해 방송을 내보냈다. 내가 살고 있는 성산읍 쪽에 집중호우가 쏟아지고 있다는 속보가 나왔다. 필름들이 걱정되어 주인집에 전화를 했지만 통화가 되질 않았다. 그 옆의 가겟집도 불통이긴 마찬가지였다.

채널을 바꿔가며 방송을 지켜보았다. 이번 집중호우는 서쪽보다 동쪽에 더 많이 내렸다고 한다. 내가 살고 있는 마을도 침수됐다는 보도만 나올 뿐, 피해 상황은 제대로 집계되지 않았다.

아침 시간이 지나자 빗줄기가 누그러졌다. 서둘러 짐을 챙겨 제주시 버스터미널에 도착해보니, 집으로 가는 버스는 첫차부터 운행이 중단되어 있었다. 급한 마음에 택시를 잡아탔다. 도중에 다리가 끊겨 삼십 분을 걸었다. 마을 입구의 다리도 끊어져 있었다. 물난리로 마을 사람들이 밤새 고생한 흔적들이 사방에 널려 있었다.

마을은 아수라장이었다. 다행히 마을 사람 중에 희생자는 없었지만 소, 돼지 등 가축들과 경운기, 트랙터 등 농기계들이 떠내려갔다. 특히 내가 세들어 사는 집과 앞집이 큰 피해를 입었다. 마을이 들어선 후 처음 맞는 물난리인데, 우리 집은 지붕까지 물에 잠겼다고 했다.

주인 형님네는 잠을 자다가 물난리를 만났다. 어둠 속에서 두 아이를 목마 태우고 간신히 탈출했다고 한다. 그나마 일가족이 목숨을 건진 것만으로도 기뻐했다. 물에 잠긴 쌀을 마당에 널고 있던 주인은 내가 외박한 것이 천만다행이라며 밤새 겪은 물난리 얘기를 해주었다.

방문을 열어보니 책상 위까지 물이 들이쳤던 흔적이 선명했다. 벽은 진흙투성이고 방바닥에는 아직도 흙탕물이 흥건했다. 당장에 팔을 걷어붙이고 흙탕물부터 퍼내었다. 사용하지 않은 인화지, 필름, 암실 장비들이 밤새 물에 잠겨 있었다. 사진이나 필름들은 진흙투성이였고, 아끼는 책들은 물에 불어 터져 있었다. 확대기 하나만 무사할 뿐 모두 쓸모없게 되어버렸다. 가을 전시회에 대비해 왕창 구입해놓은 인화지도 다 못쓰게 되었다. 가을 전시회에 쓸 필름들만 챙겼다. 그리고는 옆 동네로 가서 필름에 묻은 진흙을 씻어냈다.

값비싼 필름일수록 필름에 난 상처가 더 심했다. 조심스럽게 씻어내도 절반은 버려야 했다. 삼 년 넘게 공들여 쌓은 탑이 하룻밤 사이에 와르르 무너진 것이다. 이제는 소용도 없는 필름들을 가지고 있어봐야 마음만 아플 것 같아 서둘러 버리고 말았다.

마을 이장이 피해 상황을 조사하러 나왔다. 나는 인화지며 필름, 암실 장비, 책 등이 물에 젖어 다 버렸다고 설명했다. 이장은 사진이야 또 찍으면 되지만 주민들 끼니가 당장 걱정이라고 했다. 농기계나 가축 피해 파악하는 일만으로도 골머리가 아프고 자기 집 젖소가 두 마리나 떠내려갔는데도 찾아볼 시간이 없다고 풀죽은 목소리다. 그리고는 저녁 지을 양식이 물에 잠겨 라면으로 끼니를 때웠다는 말을 남기고 다른 집으로 갔다.

주인집 형님도 밥벌이도 안 되는 그딴 것들이야 또 찍으면 그만이니 그런 소리 그만 하라고 무안을 준다. 마을 사람들한테 배상받을 방법을 물어보았으나 모두들 대수롭지 않게 여겼다. 마을 주민들은 배상을 받았지만, 마을 주민이면서도 나는 라면 박스 하나조차 받지 못했다. 면사무소를 찾아갔지만 담당자는 피식 웃으며 이장한테 가보라고 떠넘겼다.

밥벌이가 되지 않는 일에 매달려 영혼을 바치는 사람들, 주위의 냉대와 비웃음에도 우직하게 한 길을 고집하는 사람들은 답답하다. 그런 일은 팔자 좋은 사람이나 정신 나간 사람들이 하는 짓으로 여기는 게 세상이다. 사람들은 서로 다른 마음으로 세상을 느끼고 삶을 판단한다. 다른 생각으로, 다른 이상을 위해 살아가며, 다른 것을 꿈꾼다.

오며 가며 만나는 사람들마다 한결같이 내가 궁금한 모양이다. 제주 토박이들은 내가 언제 섬을 떠날지 궁금해한다. 밥벌이도 안 되는 일에 매달려 아직도 섬을 안 떠났느냐고 묻는다.

"어떻게 지내냐?"

"잘 놀아요."

"아니 뭘 먹고 사느냐니까?"

"이슬 먹고 살지요."

"혈색 좋은 걸 보니 밥벌이가 되는 모양이지?"

"이슬만 먹어서 그래요."

동문서답하는 것이 서로에게 득이 된다. 설명되지 않는 생활에 대해 친절하게 얘기해보았자, 상대방 머리만 복잡해진다. 그러니 나의 생활 방식은 모두가 알고 싶어 하는 비밀이 되어버렸다.

외로운 노인들의 말벗

끼니때가 되면 늘 서글펐다. 식도락 따위는 딴 나라 얘기고, 그저 허기를 채우는 데만 급급했다. 지금까지 먹고 입고 자는 것으론 호사를 누리지 못하고 살아왔지만, 후회하진 않는다. 세 가지 즐거움을 모두 누리는 사람들이 느끼지 못하는 또 다른 즐거움을 만끽할 수 있었기 때문이다.

섬에 정착한 후 지금까지 변변하게 먹지도 못했으면서 그럭저럭 지낼 수 있었던 까닭은 토박이들의 따뜻한 인정 때문이었다. 밥벌이를 제대로 못했기에 동가식서가숙하며 지냈다. 숫기 없이 자존심만 강했던 나는 없으면 굶었고, 라면마저 여의치 않으면 냉수 한 사발로 끼니를 대신했다. 누구에게 끼니를 구걸한다는 것이 싫었다.

시골로 떠돌다 보니 부엌 딸린 방을 얻는 게 쉽지 않았다. 주인이 부엌을 사용할 때면 부엌일이 끝날 때까지 기다려야 한다. 한 부엌에서 볶아치다 보면, 어떤 때는 주인집에서 한술 같이 뜨자고 권하기도 한다. 얻어먹는 것도 한두 번이기에 그때마다 적당히 둘러대거나 아예 식사 시간을 피해 집으로 들어갔다. 그리고 한밤중 조심스럽게 라면을 끓여 허기를 때웠다. 그걸 눈치 챈 주인집에서 쌀값만 내고 같이 밥을 먹자고 제안했지만, 나에게는 그럴 여유마저 없었다. 마침내는 라면만 먹고 산다는 이유 때문에 방을 비워줘야 할 때도 있었다.

"젊은 사람이 굶고 지내는 것을 지켜보려니 측은해서 못 봐주겠소. 방을 비워줘야겠소."

시골에서는 방 한 칸 얻기가 하늘의 별 따기였다. 좁은 방 한 칸을 얻어 암실 겸 침실로 사용하는 내 사정을 눈치 챈 이들은 방이 있어도 좀처럼 빌려주려 하지 않았다. 이런저런 시련을 쓴웃음 지으며 견뎌야 하는 섬 생활이 오히려 참을성을 길러주었다.

섬에는 어느 마을을 가나 외로운 노인들이 많기에 가는 곳마다 내 잠자리가 있었다. 언제 찾아가도 반겨주는 노인들의 말동무가 되어주면 끼니는 해결되었다. 외로운 노인들의 넋두리를 들으며 중간 중간 추임새를 넣어주면 신이 나서 좋아했다.

노인들은 잊을 만하면 찾아가도 언제나 아들 대하듯 맞아주었다. 고향으로 돌아간 줄 알고 섭섭했다며 눈시울을 적시는 이도 있었다. 날된장에 푸성귀로 찬밥 한 덩이 먹고 나면 하릴없이 수평선을 바라보던 노인은 오래 사는 것도 죄라며 이야기보따리를 풀기 시작했다.

섬 노인들은 거동이 가능한 한 일을 한다. 거동이 불편한 노인은 텅 빈 마을을 온종일 혼자 지킨다. 마을 꼬마들의 소꿉놀이를 간섭하다가 아이들한테 핀잔을 듣고 누렁이, 검둥이 꼬드겨서 지나온 세월을 한탄한다. 스무 살 청춘에 혼자되어 아들 딸 의지하며 살았건만 시집, 장가보낸 후엔 의지할 곳 없어 바다 하나 믿고 살아가는 노인도 있다.

거동 불편한 늙은이의 몸 냄새가 싫다고 사람들의 발길도 뜸하다. 어쩌다 지나는 우체부 붙들고 하소연하고, 잊을 만하면 나타나는 전기·수도 검침원을 꼬드겨 한나절 말동무하고 싶건만 노망들었다고 달아난다. 누군가 백 살은 문제없이 살 거라고 이야기하면 영감 잡아간 물귀신이 야속하기만 하다. 반평생을 혼자 지내다 보니 먼저 떠난 영감에 대한 기억도 가물가물하고, 눈도 귀도 어두워서 텔레비전도 벗이 되어주지 못한다. 그럭저럭 살다 보면 황천길로 떠날 거라고 홀로 외로움을 삭이던 그 노파는 언제라도 나를 반겨주었다.

섬 구석구석 아스팔트 길이 열리고 시멘트 건물들이 늘어나면서 토박이들은 신명을 잃었다. 할망당이 없어진 자리에 교회가 들어섰다. 하늘길이 열린 후 사람들이 몰려오자 인정도 사라졌다.

사진을 찍으려면 섬 구석구석을 돌아다녀야 하는데 주머니 사정이 여의치 않으면 막일을 거들거나 허드렛일을 가리지 않고 닥치는 대로 해치우며 밥과 잠자리를 얻었다. 더러 초상 사진을 찍어준 적이 있어, 안면이 있는 노인은 언제라도 반겨주었다.

노인들의 얼굴은 젊은 날 고왔던 모습은 찾아볼 수 없는 주름투성이다. 욕망과 열정, 질투, 분노… 인간의 극한 감정들이 모두 사라진 기력 없는 노인들의 말벗이 되어주는 것이 나의 또 다른 일과가 되었다.

고향이 어디꽈? 빈 방이 없수다

　　　　　　방을 구하기 위해 이 마을 저 마을 떠돌았다. 그러나 육지 사람인 나에게 어느 누구도 방을 세놓으려고 하지 않았다. 결혼도 않고 혼자 사는 사내여서인지 특히 그랬다. 복덕방이 없는 변두리나 시골에서는 구멍가게를 통해 빈 방 있는 집을 수소문해야 한다. 가게 주인은 이것저것 물어보고 집을 가르쳐준다. 그리고 한마디 덧붙인다.

　"신원이 확실치 않은 사람은 방을 얻기 곤란할 거우다."

　방을 구하려고 열흘 넘게 돌아다녔지만 허사였다. 시골 사람들은 도대체 한낮에는 만날 수가 없다. 모두 일을 나가 어두워진 후에야 돌아오기 때문에 날씨가 궂은 날이나 밤에 찾아가야 한다. 그들은 육지 말을 하는 사내가 밤에 나타나면 일단 경계를 하며 유심히 살폈다.

"어디서 옵디꽈?"

방을 구하러 왔다고 말하면 그때부터 질문이 쏟아졌다.

"고향은 어디꽈? 애들은 몇이꽈? 촌에서 뭘 해 먹고 살구꽈?"

이것저것 실컷 물어보고는 "빈 방이 없수다" 하고 문을 닫고 들어가면 끝이다. 어떤 사람은 육지 말을 하는 내 모습을 살피고는 "방 나갔수다"하고 몸을 돌렸다.

신구간新舊間(제주도에서는 이사철을 신구간이라 한다. 신들이 옥황상제에게 새해 업무를 보고하기 위해 하늘에 올라가기 때문에 이때 이사나 집수리를 하면 동티가 나지 않는다는 속설이 있다. 신구간은 절기상으로 대한 오 일 뒤부터 입춘 전 삼 일까지 약 일주일이다)을 놓쳐 한 달 동안 여인숙에 머물러야 했다. 답답한 사정을 터놓고 이야기할 사람도 없었다.

시골 생활을 포기하고 이번엔 제주 시내로 방을 알아보았지만 생각처럼 쉽지 않았다. 시내는 시골처럼 까다롭지 않았지만 방세가 너무 부담스러웠다. 결국 섬에 내려와서 삼 년을 살았다는 한 친구가 시골 고향 마을에 방한 칸을 알아봐주었다. 군불을 지펴야 하는 재래식 부엌이 딸린 방이 마음에 쏙 들었다. 마을 목공소에 가서 톱밥과 나무껍질을 구해다 땔감으로 사용했다.

시내에 인접한 전형적인 어촌이어서 생활하는 데는 어려움이 없었다. 시내버스가 마을까지 들어오는 덕에 교통도 불편하지 않았다. 집은 마을 중심에서 외떨어져 조용했고, 무엇보다 방세가 싸서 좋았다.

그런데 섬 생활에 적응해갈 무렵 주인집이 경매에 넘어가면서 어쩔 수 없이 이사를 해야 했다. 초여름 집달관이 달려들어 우리를 내쫓았다. 주인댁은 다른 방을 구해보라며 아쉬워했다. 방을 구하는 데 어려움을 겪었던 나는 주인댁에게 함께 생활하게 해달라고 사정했다. 그래서 이사 가는 집의 재래식 부엌을 내가 쓸 수 있게 허락을 받았다. 그곳을 대충 수리하고 장판 깔고 도배하여, 작업실 겸 침실로 꾸몄다. 비바람을 피할 수 있다는 것만으로 만족해야 했다. 널빤지 두 개로 된 재래식 부엌문을 그대로 놔두고 암실로 사용하기 위해 합판으로 들어오는 빛을 차단했다. 이사한 후 얼마 안 있어, 배를 타던 남편이 젊은 나이에 죽었다는 주인 여자는 일본으로 돈 벌러 떠나게 되었다.

내 방의 출입구는 주인집 부엌을 통해야 했다. 따로 부엌이 없어서 주인집 부엌 한켠에 석유곤로를 갖다놓고 식사를 해결했다. 할머니가 부엌을 쓰면 끝날 때까지 기다렸다. 여든이 넘은 주인 할머니는 육지에서 온 나를 유난히 경계했다.

나는 섬의 오지를 찾아다니며 초가집, 돌담, 팽나무, 노인, 아이, 해안 마을, 중산간 마을, 초원, 바다, 오름을 닥치는 대로 필름에 담았다. 제주에 내려오기 전, 섬의 역사와 작업할 것들을 나름대로 정리해놓았기 때문에 바로 작업에 들어갈 수 있었다.

낮에는 촬영을 하고, 밤이면 현상을 했다. 그리고 비가 오는 날에는 온종일 집안에 틀어박혀 인화 작업을 했다.

그런데 며느리가 일본으로 떠난 후부터 나를 대하는 주인 할머니의 시선이 더 사나워졌다. 노골적으로 이사를 가라는 말까지 했다. 할머니에게 점수를 따려고 사탕이며 과자 따위를 사다 드려도 소용없었다. 마을에 내 소문이 퍼졌고, 사람들이 호기심을 드러내며 구질구질한 살림을 구경하러 왔다. 부엌을 개조해 살아야 할 만큼 말 못할 사연을 가지고 있다고들 여긴 것이다. 서울에서 왔다는 혼자 사는 젊은 남자가 흙바닥에 장판을 깔고 궁색하게 살아가는 모습을 보고는 모두들 신기해했다.

그런데 언제부턴가 촬영을 나갔다가 돌아오면 책상 위의 필름이나 사진들의 순서가 뒤죽박죽되어 있었다. 한눈에 보아도 나가기 전 상태가 아님을 알 수 있었다. 하루는 주인집 대학생 아들을 불러 술 한잔 걸치며 내 방에 들어오는 것은 좋으나 필름이나 사진에는 손대지 말라고 정중하게 경고했다. 그는 절대로 건드리지 않았다고 펄쩍 뛰었다. 심증은 가나 물증이 없었다. 누군가 내 방에 들어오는 것만은 분명했다. 마을 사람들이 구경 왔다가 만지는지 의심도 해보았다.

내 방은 구조상 열쇠를 채울 수도 없었다. 주인집 부엌으로 통하는 문을 그대로 놓고 안에서 합판으로 막아버렸다. 완전히 밀폐된 방은 창고나 다름없었다. 뒤꼍에 출입문으로 쓰는 미닫이문이 있었는데 촬영을 나갔다 오면 열려 있기가 예사였다.

주인 할머니는 내 인사조차 받지 않고 방을 비우라고 성화였다. 할머니의 마음을 돌이키려는 나의 노력은 오히려 부아를 돋우는 꼴이 되고 말았다. 손자들에게 할머니를 설득해달라고 부탁하는 등 갖은 노력을 다해도 할머니의 기세는 수그러들지 않았다. 손자들에게 이유를 알아보려 했으나 아무일도 없다고 말끝을 흐리는 걸로 봐서는 뭔가 말 못할 사정이 있음이 분명했다. 경제적으로 여유가 없는 나로서는 강제로 내쫓길 때까지 버틸 수밖에 없었다.

이틀 동안 방을 비워두고 촬영을 다녀온 날이었다. 저녁을 짓는데 형사가 방위병을 데리고 들이닥쳤다. 지서로 끌려가야 할 별다른 이유가 없었으므로 나는 완강하게 버텼다. 마을 사람들이 하나 둘 모여들어 수군거렸다. 그들이 지켜보는 앞에서 방위병한테 팔짱을 끼워 끌려가는 신세가 되었다. 그런 나를 보러 사람들이 동구 밖까지 따라 나왔다.

지서에서는 세 시간 넘게 조사를 받았다. 자금 조달 루트며 임무에 대해 실토하라고 형사는 막무가내로 다그쳤다. 나의 성장 과정과 가족 관계를 캐묻고 하는 통에 밤늦도록 시달린 후 새벽녘에야 간신히 풀려나왔다.

지서에 다녀온 뒤로 할머니의 성화는 극에 달했다. 할머니는 아예 내게 눈길조차 주지 않았다. 되도록이면 할머니와 마주치지 않으려고 노력했다. 손자들 장래 망치지 말고 집에서 나가달라며 험한 소리까지 퍼부었다. 나를 찾는 전화가 와도 그런 사람 없다고 바꿔주지 않았다.

나의 결백을 믿어주지 않는 할머니의 마음을 어떻게 돌려야 할지 난감했다. 시내에 살고 있던 맹인 손자에게 할머니를 설득해달라고 애원했다. 장손인 큰손자의 방문은 효과가 있었다. 그후 할머니의 기세는 수그러드는 듯했다. 내가 인사를 해도 피하지 않았다. 기회를 만들어 일을 거들어주기도 하고 아양을 떨며 나의 존재를 이해시키려고 노력했다.

할머니와의 관계가 원만하게 풀려갈 즈음 이번에는 경찰서 대공과에서 나온 형사가 찾아와 가택 수색을 하고 돌아갔다. 그리고는 비 오는 날이면 계속 주인집으로 전화를 걸어 경찰서로 출두할 것을 종용했다. 나는 출두할 이유가 없다고 버텼다. 이 일로 할머니와의 관계는 예전처럼 악화되고 말았다. 형사가 몇 번 더 다녀간 후 할머니는 그전처럼 손자들 신세 망치지 말고 당장 방을 비우라고 성화였다. 형사들이 집에 드나드는 걸 보고 손자들까지 '빨갱이'인 나의 영향으로 고통받게 될까 봐 두려웠기 때문이었다.

할머니는 중년에 4·3사건을 겪었고, 주위의 남정네들이 죄 없이 죽어가는 모습을 숱하게 목격했으며, 가까운 친척 중에도 희생자가 많았다. 그때의 악몽을 생생하게 기억하고 있기에 빨갱이 소리만 나와도 몸서리를 쳤다. 그런데 한 집안에 빨갱이로 의심받는 정체불명의 젊은이를 들여놓았으니 치를 떠는 것이 당연한 일인지도 몰랐다. 할머니의 심정을 모르는 게 아니어서 나도 무던히 진실을 이해시켜드리려고 노력했다.

어느 날, 밤부터 내린 비가 아침이 되어도 그칠 기미가 없어 집안에 틀어박혀 있었다. 마침 대공과 형사한테서 또 전화가 왔다. 그전과 달리 그는 내게 그동안의 무례함에 대해 사과했다. 수일 내로 할머니를 만나 나의 진실을 이해시켜주겠다고 약속까지 했다. 그리고 사과하는 의미에서 저녁이나 한 끼 사겠다고 했다.

형사의 다짐에 귀가 솔깃해져 다음날 만나기로 한 다방으로 나갔다. 커피를 마시며 형사는 그동안의 일을 정중하게 사과했고 나도 받아들였다. 경찰서 옆에 있다는 갈비집으로 향하던 중 내게 줄 선물이 있는데 사무실에 놓고 왔다며 함께 가자고 했다. 먼저 식당에 가 있겠다고 했으나 막무가내로 사무실을 구경시켜주겠다고 내 팔을 끌었다. 나는 끝까지 거절하면서 경찰서 정문 앞에서 큰 소리로 실랑이를 벌였다. 그러자 형사는 정문 경비실 안으로 들어갔고, 뒤돌아 걷고 있는데 형사들이 달려들어 나를 끌고 갔다. 결국 저녁도 못 먹고 막차 시간까지 조사를 받았다. 빨갱이로 의심받아 겪는 수난은 이것으로 끝이라고 생각하니 마음만은 홀가분했다.

그후에도 혼자 오지 마을을 카메라 들고 어슬렁거리다가 주민들의 신고 때문에 지서로 끌려가는 일이 몇 번 더 있었다. 집 근처 바닷가에서 일출, 일몰을 촬영하다 지서로 끌려가기도 했다. 그때마다 대공과에서 조사 받았던 사실을 설명해야 했고, 지서에서는 사실 여부를 확인한 후에야 풀어주었다. 답답한 마음에 파출소 직원에게 따져 물었다.

"앞으로 지서까지 끌려오지 않을 방법이 없겠어요?"

"주민들이 신고를 하니 우리도 어쩔 수 없습니다."

대공과를 다녀온 후 할머니는 예전처럼 나와 마주치는 것을 피했다.

할머니 집에서 일 년을 채우고 재계약을 하려 했지만 아예 말도 못 붙이게 했다. 그렇게 해서 이 년여 동안 살았던 애월읍 바닷가를 떠나 중산간 마을로 이사를 했다.

울적한 날에는 바느질을

아침저녁 카메라 가방을 메고 놀이 삼아 자연 속을 거닌 후 나머지 시간은 한가롭게 지냈다. 찾아오는 사람이 없으니 늘 혼자다. 난 누구도 내 집을 방문하는 것을 원치 않았다. 형제들이 섬에 내려와도 집만은 보여주지 않았다. 뭍에서 친구들이나 손님들이 찾아오면 한겨울에도 밖에서 만나 차를 대접했다. 그래서 그들은 내가 어떻게 사는지 늘 궁금해했다.

"서울에서 큰맘 먹고 일부러 왔는데 추운 날씨에 밖에서 커피를 마시라니… 빨리 꺼지라는 거냐 뭐냐? 아니면 방 안에 젊은 여자라도 숨겨놓은 거냐?"

"정리하지 않아 난장판이다."

"혼자 사는 사내 살림살이야 안 봐도 뻔한데, 뭐 숨길 거라도 있어?"

"다음에 보여줄게."

"촌구석에 처박혀 지내려면 지겹지?"

"특별히 하는 일은 없어도 바쁘다."

"뭐하며 지내는지 자세히 얘기 좀 해봐라."

"아침저녁 작업하고, 밥해 먹고, 빨래하고, 잠자고 그런 거지 뭐."

"한두 해도 아니고 벌써 십 년째인데 이젠 떠나야지?"

"아직은 재미있어."

"재미있으면 문제가 있는 거다. 썩고 있다는 징조다. 강산이 한 번 변했으니 새로운 것을 찾아 떠나야지. 십 년 이상 한 군데 머물면 안주하게 돼 있어. 예술가는 안주하면 치명적이지."

"아직 시작도 못했는데… 이제야 뭔가 감이 잡혀."

"일이 년 떠났다가 다시 시작하는 게 현명할 텐데."

"아니야. 그동안은 정신 못 차리고 갈팡질팡했어. 이제야 진짜 사진을 할 수 있을 것 같다. 비로소 나만의 화두를 발견했어. 느낄 수 있으나 설명될 수 없는 그 무엇을 표현할 거다."

"긴 시간 혼자 궁색하게 지내면 성격 버린다. 서울로 올라와 돈벌이도 좀 하지?"

어쩌다 만나는 사람들과의 대화는 늘 이런 식으로 끝이 난다.

사람들이 혼자 무슨 재미로 사느냐고 물으면 특별히 할 말이 없다. 하지만 늘 바쁘게 생활하는 것만은 사실이다. 사진 찍고 현상하고 인화하고…. 반복되는 생활이 지겨워지면 액자 만들고, 액자를 걸어 전시할 수 있는 조형

물을 만들고, 그것마저 싫증 나면 광목에다 감물을 들여서 제주 사람들이 입는 갈옷을 만든다. 7월이나 8월쯤 풋감을 따다가 짓이긴 것에 옷감을 넣고 주물러 감물이 천에 스며들게 한 다음, 이슬을 맞히고 햇볕에 바래게 하면 적갈색의 뻣뻣한 갈옷이 만들어진다. 갈옷은 땀에 젖지 않고, 흙이 묻어도 쉽게 털어지니 빨래를 하기도 좋다. 무엇보다 내 손으로 직접 옷을 만들어 입는 즐거움은 무엇에 비할 바가 아니다.

한가롭게 생활하다 보면 마음이 혼란스러워지기 쉬워 늘 무엇인가에 빠져들게 된다. 결과 없는 작업에 매달려 허송세월을 보낸다는 생각이 들 때면 짐을 챙겨 서울로 돌아가고 싶기도 하다.

울적할 때면, 몸을 바삐 움직여 금방 결과가 나타나는 흥미 있는 일을 찾는다. 깊이 몰입할 수 있는 사소한 일을 하는데, 그중에 바느질은 몇 년 동안 나의 흥미를 끌었다. 바느질은 특별히 돈이 드는 일도 아니어서 나에게는 안성맞춤이다.

작고 하찮은 것은 버리기가 쉽다. 흩어진 천조각들을 모아 한 땀 한 땀 정성을 들여 바느질한다. 그것을 보고 있으면 마음이 상큼해진다. 예쁜 조끼나 저고리 등 원하는 것은 무엇이든 만든다. 그리고 감물로 염색을 한다. 완성된 옷을 입고 다닐 일을 생각하면 마음이 설렌다.

마음이 혼란스러울 때는 그 가슴 설렘을 기대하며 밤을 새워 바느질을 한다. 잠자리에 누워도 정신이 말똥말똥하면 일어나 불을 켜고 바느질을 한다. 평소에 눈에 띄는 대로 헝겊 조각들을 모아둔다. 그 조각들을 빨고 다듬어 한 땀 한 땀 정성을 다해 전체가 조화를 이루도록 깁고 감쳐서 조각보를 만든다. 그 조각보를 재단해서 어느 한 조각 모나지 않게 정성들여 바느질을 하면 옷이 된다. 그러면 온갖 시름이 사라진다. 창에 걸어둔 커튼도 그렇게 만들어진 것이다. 다시 이불보를 만들겠다는 생각으로 바느질에 열중하다 보면 잡념이 사라진다. 바느질하는 재미에 시간가는 줄을 모른다.

한번은 텔레비전 다큐멘터리 프로그램에 출연한 적이 있다. 누추한 내 움막집이 공개되는 것을 꺼려 출연하지 않겠다고 하자 담당 프로듀서는 거절하지 못할 친구를 내세워 출연을 강요했다. 프로그램 성격상 나의 사생활이 적나라하게 드러날 것이 뻔했다. 가족 누구에게도 보여주지 않은 궁색한 살림을 공개하지 않겠다고 고집을 피우다가, 살림살이를 공개하지 않는다는 조건을 달고 출연에 응했다. 약속대로 밖에서만 촬영을 했다. 촬영을 끝내고 담당 프로듀서가 방 안을 둘러보았다.

"커튼을 직접 만든 겁니까?"

"심심해서 만들곤 해요."

"바느질도 염색도 직접 하신 거예요?"

"시간 때우려고…"

프로듀서가 창문에 처져 있는 커튼을 찍겠다고 사정을 했지만 단번에 거절했다. 방 안의 커튼을 찍고 나면, 다음엔 암실에 카메라를 들이댈 것이 뻔했다. 그들은 사진가라면 카메라 장비와 암실을 보여주어야 직성이 풀리는 모양이었다. 프로듀서는 자신의 입장을 들먹이며 양해를 구했고, 결국 밖에서 바느질하는 모습을 찍는 것으로 최종 합의를 보았다.

믿음과 오기로 시작한 섬 생활이지만 일정한 수입이 없다 보니 궁핍의 연속이다. 그나마 다행인 것은 중산간 마을에서 생활하다 보니 따로 방세가 나가지 않는다는 것이다. 일정한 수입이 없으니 어쩌다 돈이 생기면 앞뒤 가리지 않고 필름과 인화지를 구입했다. 오로지 사진에만 매달려 사는데 해가 바뀔수록 카메라는 작동이 안 돼 마음을 졸이게 하고, 확대기는 낡아 말썽을 부렸다. 변변찮은 작업실 하나 마련하지 못하고 지냈다. 필름과 인화지는 늘 부족해서 애간장을 태웠다. 시간이 흐를수록 곰팡이 피어가는 필름만이 캐비닛에 가득했다.

일에 몰두하며 잘 지내다가도 어느 한순간 방심하면 마음이 혼란스러워진다. 생활 대책도 없이 의지 하나로 물고 늘어지다 보니 여러 문제가 얽히고 설킨다. 경제적인 면에서는 뾰족한 방법이 없으니 몸으로 부딪쳐나가야 한다. 그저 참고 견디는 수밖에 없다.

나의 삶은 어디로 흘러가나, 나는 어디로 가고 있나, 지금 이 길이 정말로 내가 가야 할 길인가…. 풀리지 않는 의문에 매달리다 보면 또다시 헤어날 수 없는 절망의 늪에서 허우적거린다. 이럴 때는 도회지의 평범한 삶으로 되돌아가고 싶은 충동을 억누르기가 힘들다. 그런데도 눌러앉아 여기까지 흘러왔다.

순간순간 다가오는 고통을 극복하지 못해 이 길을 포기하고 다른 무엇을 선택한다 해도 그 나름의 고통이 뒤따를 것이다. 다른 일을 선택해 환경이 변한다 해도, 나는 나이기에 지금 겪고 있는 마음의 혼란을 벗어날 수 없을 것이다. 지금 여기에서 이 물음에 답을 얻지 못한다면 어디를 가나 방황하고 절망하기는 마찬가지일 것이다. 피하기보다는 정면으로 돌파해야 한다. 그것이 어떤 것이든 분명 끝은 있을 것이다.

사진에만 매달리다 보니 해를 거듭할수록 나를 이해해주던 사람들과도 멀어져갔다. 그래도 바느질에 열중하다 보면 혼자라는 사실을 잊을 수 있어서 좋다. 불안하고 초조한 마음을 달래야 할 때는 바느질감부터 찾는다. 울적한 날에는 바느질이 최고다.

지키지 않아도 좋은 약속

섬에 둥지를 튼 순간부터 외톨박이로 지냈다. 서울을 떠나기 전에 맺었던 인연들마저 모질게 끊었다. 주인집에 전화가 있었지만, 특별한 경우가 아니고는 누구에게도 번호를 발설하지 않았다. 견딜 수 없을 만큼 처절하게 내 자신을 몰아갔고, 철저하게 외부와 단절시켰다. 섬에서 지내는 동안 알게 된 사람들도 의도적으로 피했다.

작업할 때는 예외였지만, 외박만은 절대 하지 않았다. 막차가 끊기면 택시비를 구걸해서라도 돌아와 잠만은 집에서 잤다. 생활 리듬이 깨지면 사진 작업에 지장이 생긴다. 소중한 시간을 불필요하게 낭비하고 싶지는 않았다.

내가 살던 중산간 마을 주인집에 일흔이 넘은 할머니가 계셨다. 나는 그분을 어머니처럼 대했다. 할머니는 신경통 때문에 힘든 일을 할 수 없어, 온종일 집안에서 허드렛일을 했다. 집은 마을에서 사십 분 정도 걸어야 하는 외딴 곳에 있었다. 할머니는 늘 혼자였고, 비가 와서 사진을 찍으러 나가지 않을 때엔 나와 단둘이 지냈다. 내 방에서 사진 인화 작업을 하고 있노라면 할머니가 슬며시 나를 꼬드겨 말을 붙여왔다.

"일해야 해요. 그래야 할머니 맛난 것 사드리죠."

"맛난 것 필요없져. 아직도 작업할 게 이시냐? 돈도 안 되는 작업 놀멍 허라."

제주도가 관광지로 각광을 받기 전, 할머니가 겪었던 섬 생활의 고달팠던 이야기는 끝이 없다. 그 이야기 듣는 재미에 내 딴에는 맛있는 음식을 요리해서 대접한다. 시내 나가면 알사탕을 잊지 않는다. 그런 날이면 가슴 속에 묻어두었던 이야기가 술술 나온다. 동부 산업도로가 뚫리지 않았던 시절에는 마을에서 제주 시내까지 걸어다녔다고 한다. 새벽에 출발해 서둘러 일을 보고 돌아오던 그 시절의 한숨과 악몽 같은 4·3사건의 기억….

할머니의 이야기를 듣다 보면 눈물이 절로 났다. 평소 할머닌 눈물 나게 하는 이야기는 좀처럼 들춰내지 않는다. 나는 온갖 아양을 떨어 이야기를 끄집어내곤 했다. 섬의 춘궁기는 뭍의 보릿고개와는 비교할 수 없이 고달팠다. 각박하게 살아온 이야기를 하다 보면 할머니도 울고 나도 훌쩍인다. 이야기 듣는 재미에 어린아이처럼 어리광을 피우는 나를 할머니는 친아들처럼 대해주었다.

"이치록 철딱서니 어시난 혼자 살지. 나잇값을 허라."

"철딱서니 없으니 말벗해드리죠. 저 없으면 심심해서 미칠 거예요."

할머니는 나의 생활에 일일이 간섭하고, 제때 끼니를 챙기지 않는다고 야단도 친다. 밤을 새워 작업하면 몸이 축난다고 나무랐다. 한밤중에 나를 찾는 전화가 오면 귀찮아하면서도 매번 바꿔주었다.

"막노동을 행이라도 전화 한 대 설치해라게."

"주무실 때는 작업 나갔다고 하세요. 쓸데없는 전화인데…."

"지지빠이 전환디, 쓸데어시냐?"

할머니는 여자한테서 걸려온 전화일 경우에는 세세하게 캐묻는다. 내가 얼른 말을 바꿔도 집요하게 물고 늘어진다. 혼자 늙어가기에는 청춘이 아깝다고 늘 걱정을 한다. 사지 멀쩡하고 곱딱하게 생긴 젊은 놈이 장가도 못 가는 것은 필시 말 못할 사정이 있기 때문이라고 의심한다.

내가 기분 좋아 보이는 날이면 결혼 생활에 실패한 이유를 꼬치꼬치 캐묻는다. 결혼한 일이 없다는 내 말을 도무지 믿으려 하지 않는다. 손님이 오는 날이면 누구냐고 궁금해한다. 여자 손님이면 궁금증이 더 커진다. 종종 사진엽서를 구하려고 찾아오는 이도 있고, 시골에 틀어박혀 사진 작업 한다는 소문을 듣고 찾아오는 여류 사진가도 있다.

"저번에 통닭 사왔던 키 작고 요망지게 생긴, 나이 먹은 여자가 그중 괜찮던데…. 집에 왔던 여자 중 공무원이라던 지지빠이 물고 늘어지라게."

"촌구석에 살아서 싫대요."

"시내 나강 살 거랜 거짓부랭이로 꼬드겨야지."

"나중에 어떡하라고 거짓부랭이 하래요?"

70

"벽창호 같은 놈아, 일단 마음부터 잡아야지. 탄로 나는 것은 후에라."

"미친놈을 누가 좋아해요? 정신 나간 놈인데…."

"잘도 사내 구실 하것다. 쓰지도 못할 물건, 떼어 바당에 던져불라."

돌아가신 어머니 못지않게 할머니는 내 결혼 문제에 대해 걱정했다. 여자들이 오면 손수 커피도 끓여주고 과일도 대접한다. 그렇게 잘해주다가도 내가 시내 출입을 삼가고 집에 틀어박혀 있으면 여지없이 구박한다. 혼자 사는 놈이 외박도 못한다고 타박이다.

"결혼하면 만사형통이다. 알암서? 마누라가 큰 힘이 돼줄 텐데, 저 맹추는…."

할머니가 진실로 내 장래를 걱정해주실 때면 장난스럽게 대답하던 평소와 달리 눈물까지 글썽이게 된다.

"살아생전 자식 도리 한번 못했어요. 카네이션 한번 달아드리지 못한 불효를 했어요. 어머니를 땅에 묻으며 굳게 다짐했죠. 당신께 보답하지 못한 사랑을 며느리에게 베풀 테니, 마음 편히 떠나라고 약속을 했어요. 그런데 어머니와의 약속을 지킬 수 없는 한 절대로 결혼할 수 없어요."

"그 따위 약속은 지키지 않을수록 좋앙, 총각 귀신아."

한 여자에게 행복한 삶을 보장할 수 없는 한, 결혼하지 않으리라 마음을 다잡았다. 밥벌이가 되지 않는 일에 몰두해 한 해 두 해 흐르다 보니, 결혼하지 못하는 나를 서울의 형제들은 늘 걱정한다.

어머니의 삶이 행복하길 간절히 소망하며 자라온 나는 한 여자의 불행을 원치 않는다. 어머니를 기쁘게 해드려야 한다고 생각하면서도 단 한 번도 그러질 못했다. 사춘기를 맞이하면서 나의 방황은 시작되었다.

일곱 남매 중 나 하나가 문제라고 어머니는 늘 걱정했다. 초등학교 시절 착하고 공부 잘하는 아들로만 생각했던 나에게 어머니는 큰 기대를 가졌었다. 나의 미래를 위해 점쟁이를 만나고 와서는 액막이를 하곤 했다. 그럴 때마다 미신이라고, 어머니는 배우지 못해서 그런다고 난리를 쳐서 어머니 속을 뒤집어놓았다. 어머니는 비가 오나 눈이 오나 하루도 거르지 않고 아침저녁 장독대에 정화수를 떠놓고 빌었다. 그런 어머니의 끈기에 나는 더 화가 났다. 아버지의 매질 속에서도 한 번도 짐 싸들고 대문 밖을 나서지 않은 그 인내심을 난 이해할 수 없었다. 무조건 참고 기다리는 어머니가 미웠다.

어머니는 여자로서 당연히 누려야 할 자잘한 행복 따위와는 거리가 먼 분이었다. 어머니의 결혼생활은 처녀 적 꿈꾸었던 것과는 전혀 달랐을 것이다. 그런데도 아내의 자리, 어머니의 자리를 포기하지 않고 인생을 희생만으로 일관했다.

아버지는 나이 쉰이 넘어 대수술을 받았다. 알코올 중독의 후유증으로 오장육부 어느 한 군데 성한 곳이 없었다. 합병증으로 사경을 헤매다 기적적으로 소생했다. 그후 아버지는 술 담배를 끊고 전혀 다른 사람이 되었다. 남편이 가장으로서의 의무를 다하는 그날이 오기까지 그토록 오랜 세월을 목석처럼 참고 견딘 이가 내 어머니였다.

비 오는 날, 할머니와 마주 앉아 얘기를 하다 보면 그 얼굴에 자꾸 어머니 모습이 겹쳐졌다.

일을 생각하면 우울해진다. 6월 장마가 시작되면서 방 안의 모든 것들에 곰팡이가 피기 시작한다. 벽지, 액자, 책, 카메라 렌즈, 완성된 필름 할 것 없이 곰팡이 꽃이 핀다.

나는 파란 하늘을 그리워하며 창문을 열어 공기를 바꾼다. 방 안이나 밖이나 똑같다는 것을 알면서도 창문을 연다. 이때야말로 장마가 물러간 후의 파란 하늘이 몹시 그립다.

필름을 걱정하기 전에는 흐린 날 도회지 뒷골목의 우울함, 가랑비 내리는 도심의 서정, 안개 낀 날의 공원을 좋아했다. 그런 날이면 무엇인가에 홀려 밖으로 나갔다. 친구들과 어울려 영화나 연극을 보고 시와 인생을 이야기했다.

장마철이면 섬 어디를 가나 습기가 심하다. 특히 중산간 마을은 섬 안에서도 제일 심하다. 습하면서 비가 많이 내리는 이곳은 농사는 안 되고 잡초만 무성해 고려 말기부터 방목장으로 이용했다.

바닷가에서 살다가 중산간 초원의 독특한 분위기에 매혹되어 이사 온 뒤 처음 삼 년 동안은 참으로 만족스러웠다. 생활에서 오는 어떤 불편함도 중산간 초원이 주는 분위기 덕분에 어렵지 않게 극복할 수 있었다. 그런데 해가 거듭될수록 보관해야 할 필름이며 사진들이 불어나자 일이 커졌다. 비닐로 싸고 습기 제거제를 사용해도 피어나는 곰팡이를 어쩔 수 없어 소중한 필름들을 버려야 할 때는 우울해진다. 그런데도 중산간 마을을 떠나지 못했다.

보관해야 할 필름과 사진만 아니라면 나에게는 중산간 마을이야말로 낙원이다. 아직까지 이곳처럼 나를 매혹시킨 곳을 발견하지 못했다. 행복이 마음속에 존재하는 것처럼, 낙원도 마음속에 존재하고 있음을 확인할 수 있는 중산간 마을은 내 영혼의 고향이다.

　3

　아침 촬영을 끝내고 초원을 가로질러 걸었다. 늘 지나다니는 익숙한 길에 6월의 들꽃들이 안개 속에 피어 있다. 싱그러움을 선물하는 들꽃들과 아침 인사를 하다가 돌 틈 사이에 피어난 원추리 앞에서 걸음을 멈추었다. 한참을 바라보다가 꽃을 꺾었다. 집 주변에서 흔히 보는 원추리지만 그날만은 특별하게 느껴졌다.

　아침을 먹고 차를 마시며 책상 위에 놓인 꽃을 보는 순간 후회가 되었다. 꺾을 때의 가슴 뭉클하던 감정이 살아나지 않았다. 원추리를 가지고 정원으로 나와 느릅나무 밑에 놓았다. 진달래, 소나무, 보리수 밑에 놓아보았지만 어디에도 꽃이 있을 자리가 아니다. 잔디밭 한가운데도 아니고 잡초 우거진 뜰도 아니다. 햇볕 때문이라고 생각했다. 처음 발견했을 때와 비슷한 돌 틈 사이에 꽃을 놓았다. 햇볕이 쨍한데도 처음 보았을 때의 감동이 어느 정도 되살아났다.

　청소를 끝내고 빨래를 하는 동안 짙은 안개가 밀려왔다. 원추리를 떠올리고 바깥으로 나가보았다. 돌, 안개, 잡초와 어우러진 원추리는 아름다웠다. 매일매일 대하는 집 주변의 눈에 익은 풍경일지라도, 한순간도 똑같은 모습을 보이지 않고 시시때때로 달라진다. 흔히 보는 일상의 풍경이나 사물도 사람의 기분에 따라 느낌이 제각각이다. 역시 아름다움이란 주관적인 것일 뿐 객관적인 것일 순 없다.

4

중산간 초원에서는 사철 내내 억새를 볼 수 있다.

내가 살았던 구좌읍 대천동의 중산간 마을도 주변이 온통 억새밭이다. 5월이면 억새의 새싹이 나온다. 6월이면 제법 빠르게 자라고, 7월이면 잎이 억세어지고, 8월이면 키가 2미터 가까이 자란다. 9월이면 꽃대가 굵어지고, 10월이면 꽃이 피고, 11월이면 꽃이 붉은색에서 하얗게 변해간다. 12월이면 꽃들이 바람에 날려 앙상한 줄기만 남는다. 겨우내 눈과 바람에 시달려도 억새는 바람이 떠미는 방향으로 눕지 않는다. 바람은 다시 봄이 올 때까지 초원의 억새들과 장난질을 한다.

심술 사나운 돌풍이 짓궂게 장난을 걸어오면 억새는 더욱 신명나게 춤을 춘다. 힘 센 바람이 제아무리 못살게 굴어도 처음 모습 그대로이다. 아름드리 나무들도 얼마 버티지 못해 뿌리째 뽑히고 크고 작은 나무들도 바람이 떠미는 방향으로 누워 있건만 억새는 끄떡도 않는다.

나는 그 심술궂은 바람을 좋아한다. 바람은 멀리서 씨앗들을 한 움큼씩 가져와 내게 잘 보이려 아양을 떤다. 나는 그 바람을 품에 안고 사시사철 함께 중산간 초원을 떠돈다.

사철 억새와 함께 생활하는 나는 억새의 변화에 따라 기분도 변한다. 내 기분에 따라 정원의 분위기도 쉴 없이 변한다. 내 감정은 고여 있지 않고 주변 분위기에 따라 흐른다.

중산간 초원 억새의 아름다움은 시시각각 변한다. 어떤 이는 파란 하늘과 조화를 이루는 억새를 사랑하고, 어떤 이는 구름이 짙게 가라앉은 날 아침이나 저녁, 여명에 드러나는 억새를 좋아하고, 어떤 이는 바람 부는 날 너울너울 춤을 추는 억새를 으뜸으로 꼽는다. 어떤 빛에서 사물을 보았느냐에 따라서도 달라진다. 사물이 놓인 주변 환경에 따라 우리가 느낄 수 있는 아름다움은 확연히 다르다.

장마철이면 안개 짙은 날 치자꽃 향기에 취해 마시는 커피 맛은 유별나다. 눈이 소복하게 쌓인 날 보름달을 보며 마시는 차 맛은 누구도 이해할 수 없는 나만의 즐거움이다.

오름에서 맞는 오르가슴

종종 안개비에 젖어 섬은 제 모습을 숨기고 나를 외롭게 만든다. 섬에서도 내가 사는 중산간 마을은 유독 안개가 많고 비가 잦다. 광활한 초원의 목초지가 수평선까지 이어지고 소와 말들이 한가로이 풀을 뜯는다. 군데군데 솟아오른 오름들은 이국적인 정취에 빠져들게 한다. 인기척이라곤 느낄 수 없는 중산간의 초원은 고요하고 평화롭다.

선이 부드럽고 볼륨이 풍만한 오름들은 늘 나를 유혹한다. 유혹에 빠진 나는 이곳을 떠날 수 없다. 달 밝은 밤에도, 폭설이 내려도, 초원으로 오름으로 내달린다. 그럴 때면 나는 오르가슴을 느낀다. 행복감에 가쁜 숨을 몰아쉬며 살아 있음에 감사한다.

도시보다는 자연에서, 낮보다는 밤에, 나의 성감은 자극을 받는다. 건조

한 곳보다는 습한 곳에서, 햇빛 쨍한 날보다는 안개 짙고 가랑비 내리는 날이면 발동이 걸린다. 여름이면 여름대로, 겨울이면 겨울대로 느낄 수 있는 오르가슴. 소나기 지나고 무지개 뜰 때면, 바람 심한 억새꽃 춤추는 한낮에도, 하늘과 땅이 사라지는 눈보라 속에서도 오르가슴은 찾아온다.

그 절정의 기쁨을 느낄 때마다 나는 다짐한다. 죽는 날까지 자연을 떠돌아다니리라. 홀로 초원에 묻혀 살아가리라. 끼닛거리가 없으면 없는 대로, 외로우면 외로운 대로 살아가리라. 모두를 망각하고 초원으로 바다로 흘러가리라.

힘든 육체노동을 하면서도 자연을 떠나지 못하는 이들을 여럿 만났다. 약초를 찾아 떠도는 이들, 토굴 속에서 초근목피로 연명하면서도 자연을 벗해 늙어가는 사람들이었다. 도회지 출신이면서 외딴 섬에 묻혀 지내는 이들도 여럿 만났다. 바다에서 산에서 문명을 멀리한 채 살아가는 그들의 진정을 나는 알았다. 불편해도 그렇게들 살고 있구나! 산사람들이, 바닷사람들이 말하던 '살 맛'이 바로 그것이었구나!

꿈속에서 몽정을 경험하듯 자연 속에서 오르가슴을 경험한다. 아침저녁 홀로 초원을 돌아다니다 보면 오르가슴을 느낀다. 신선한 공기, 황홀한 여명, 새들의 지저귐, 풀 냄새, 꽃향기, 실바람… 그 모든 것들이 인위적으로 만들 수 없는 절묘한 조화를 부린다. 소와 말들이 한가로이 노닐고, 새들은 제흥에 겨워 조잘거리고, 풀잎에 몸을 감춘 벌레들은 사랑을 속삭인다. 벌 나비는 꽃향기를 따라 날갯짓한다. 자연이 인간에게 베푸는 축복이다. 오르가슴을 경험한 이는 자연을 떠나지 못한다. 이제는 도회지로 돌아갈 수 없다.

그런 것을 경험할 때마다 점점 자연에 매혹된다.

　중산간 광활한 초원에는 눈을 흐리게 하는 색깔이 없다. 귀를 멀게 하는 난잡한 소리도 없다. 코를 막히게 하는 역겨운 냄새도 없다. 입맛을 상하게 하는 잡다한 맛도 없다. 마음을 어지럽게 하는 그 어떤 것도 없다. 나는 그런 중산간 초원과 오름을 사랑한다.

　눈으로 보아도 보이지 않고, 귀로 들어도 들리지 않고, 잡으려 해도 잡을 수 없는 것. 형상도 없는데 사람을 황홀하게 하는 그 무엇이 중산간 광활한 초원에 존재한다. 이 세상에 존재하는 최고의 것은, 사람을 황홀하게 하는 그 무엇이다. 그것을 깨닫기 위해 나는 중산간을 떠나지 못한다.

　눈에 보이지 않으나 분명히 존재하는 영원한 것을 이곳에서 깨달으려 한다. 말할 수 없으나 느낄 수 있고, 보이지 않으나 느낄 수 있는, 사람을 황홀하게 하는 신비로움을 찾으려 한다. 자연 속에 묻혀 지내며 마음을 씻고 닦아 모두를 사랑하려 한다. 눈에 보이는 것은 영원할 수 없다. 보이지 않는 그 무엇을 느끼고 확인하고 싶다.

　안개가 일순간에 섬을 뒤덮는다. 하늘도, 바다도, 오름도, 초원도 없어진다. 대지의 호흡을 느낀다. 풀꽃 향기에 가슴이 뛴다. 안개의 촉감을 느끼다 보면 숨이 가빠온다. 살아 있다는 기쁨에 감사한다. 불확실한 미래에 대한 걱정도, 끼니 걱정도 사라진다. 곰팡이 피어가는 필름 생각도, 홀로 지내는 외로움도 잊는다. 촉촉이 내 몸 속으로 안개가 녹아내린다. 숨이 꽉꽉 막히는 흥분에 가쁜 숨을 몰아쉰다. 자연에 묻혀 지내는 사람만이 느낄 수 있는 이 기쁨, 그래서 나는 자연을 떠나지 못한다. 오르가슴을 느끼는 이 순간만큼은 아무것도 부족하지 않다.

초원에도, 오름에도, 바다에도 영원의 생명이 존재한다. 대자연의 신비와 경외감을 느낌으로써 나는 신명과 아름다움을 얻는다. 나는 자연을 통해 풍요로운 영혼과 빛나는 영감을 얻는다. 초원과 오름과 바다를 홀로 거닐면, 나의 영혼과 기억 그리고 자연이 하나가 되어 나의 의식 속으로 스며든다. 그럴 때면 훌륭한 사진을 찍어야 한다는 간절한 바람도 사라진다.

산을 넘으면 또 다른 산이

눈에 보이는 고개만 넘으면 끝인 줄 알았다. 하나를 넘으면 더 높은 고개가 나타났다. 산을 넘으면 또 산이다. 나아갈수록 바람은 세고, 숨이 가쁘지만 멈출 수도 하산할 수도 없다.

마음이 무겁다. 필름도 인화지도 끝이 났다. 쌀도 바닥났다. 돈을 구하려고 백방으로 연락을 해본다. 형제들에게 도움을 청해볼까? 그들이 무슨 잘못이 있어서 늘 나로 인해 괴로움을 당해야 하는가. 답답하다. 한바탕 크게 웃어본다. 더 이상 물러설 수 없는 벼랑은 아직 멀었다고 스스로 위로한다.

필름이 떨어지면 전당포로 간다. 카메라가 두 대니 하나를 맡기면 한두 달은 걱정이 없다. 전당포에서 맡아주는 것은 그중에 새것이다. 하나는 낡아서 전당포 주인이 쳐다봐주지도 않는다. 불편해도 당분간 한 대만 있으면 된다. 전당포에 드나들기 위해서라도 새 카메라는 조심스럽게 다뤘다. 한번은 새 카메라를 삼각대에 고정시키고 원하는 순간을 기다렸다. 두 시간 넘게 카메라를 잡고 있다가 소변을 보기 위해 잠시 삼각대를 놓았을 때였다. 그 사이 바람에 날려 쓰러지면서 카메라가 엉망이 되고 말았다.

전당포에 맡길 카메라가 망가졌으니 필름이나 인화지는 꿈도 못 꿀 상황이다. 밤새워 고민해도 돈을 구할 길이 막막하다. 아는 선배를 찾아가 딱한 사정을 이야기했다. 그는 밥은 사주어도 필름만은 사주지 않았다.

뾰족한 방법이 없어 목석원에서 막일을 시작했다. 목석원은 관광지라 사람들의 발길이 끊이질 않는 곳이다. 관광객들 사이로 들것을 끌고 다니려니 마음이 편치 않다. 서울에 있는 친구들이나 가족들에게는 섬에서 막노동한다는 것만은 비밀로 하고 싶었다. 한 달만 일하면 당분간은 필름 걱정 없이 작업할 수 있다는 생각에 꾹 참고 일을 했다.

목석원에서 일하는 노인은 내가 허우대만 멀쩡하지 일을 못한다며 계속해서 핀잔이다. 노인은 요령이 있어 힘들이지 않고 쉽게 하는데 나는 힘으로 밀어붙인다. 그러다 보니 금방 지쳐 나도 모르게 게으름을 피우게 된다. 그러면 당장 노인의 불호령이 떨어진다. 야속한 마음에 말대답을 하면 당장 때려치우고 집에 가라고 야단이다. 어떤 수모도 견뎌야 사진 작업을 계속할 수 있기에, 잘못했다고 비는 수밖에 없다.

노인은 먼 산을 보며 담배를 피운다.

"돈 벌기가 쉬운 거 아니여. 주인이 보지 않을 때 부지런허게 해야 돼주, 뼈 빠지게 일해도 주인은 공돈 준단 생각허는 법이라. 경허당 보민 밥줄이

끊기는 거난 부지런 떨어도 먹고 살기가 힘든 거여."

　노인들을 통해 세상 물정을 배웠다. 그들과 몸으로 부딪치다 보면 가슴 속에 쌓아두었던 삶의 이야기들이 쏟아져 나온다.

　열흘이 지나자 막노동이 몸에 익었다. 노인들의 핀잔에 웃어넘길 수 있는 요령도 생겼다. 혼이 나면서도 힘이 들면 담배를 피우는 여유도 부릴 줄 알게 되었다. 그런데 가랑비 오는 어느 날 게으름을 피우다 또 혼쭐이 나고 말았다. 노인은 등을 떠밀며 당장 집에 가라고 화를 내었다.

　속상하고 억울한 마음을 억누르며 오기로 일을 하다 보니 온몸이 땀으로 끈적거렸다. 노인은 밤에 큰 비가 올 거라며 일을 서둘렀다. 힘에 부쳐 주저 앉고 싶었지만 이를 악물고 버텼다. 밤에 큰 비가 내리면 내일은 쉬어야 한다고 노인이 재촉하는 서슬에 관광객들 사이를 곡예하듯 오가며 들것으로 돌을 운반했다. 땀에 젖어 비 맞은 생쥐 꼴을 하고 뛰어다니는데 누군가 내 이름을 불렀다.

　"서울에서 사무장 하던 영갑 씨 맞죠?"

　서울의 맹인 교회에서 사무장으로 일하던 시절 알고 지내던 남자 신도였다. 그는 친목회 회원들과 여행을 왔다고 했다. 그를 데리고 휴게실로 가서 커피를 마시며 얘기를 나누었다. 그는 교인들이 내 소식을 궁금해한다고 전했다. 섬에서 사는 줄은 알았는데 노동을 하며 지내는 줄은 몰랐다고 걱정을 했다. 며칠 아르바이트를 하는 것뿐이라고 둘러댔다.

이야기에 한참 열을 올리고 있을 때 노인이 들것을 끌고 걸어오고 있었다. 나는 등을 돌려 모른 척했다. 노인은 잠시 머뭇거리다가 돌을 운반하러 갔다.

구경을 끝낸 일행이 돌아오자 그가 자리에서 일어나며 머뭇거렸다.

"밥값이야. 저녁 비행기로 올라가야 돼서 그래."

그는 내 주머니에 돈을 찔러넣었다. 필요없다고 손사래를 치고 옥신각신 실랑이를 벌이니 지나가던 사람들이 힐끔힐끔 쳐다보았다. 그는 만 원짜리 몇 장을 떨어뜨리고 서둘러 떠났다. 뛰어가 돈을 쥐어주며 부탁했다.

"다른 사람들한테는 막노동한다는 소리만은…."

그는 걱정하지 말라며 돈을 내 주머니에 도로 넣어주었다. 그를 보내고 씁쓸한 마음을 떨칠 수가 없었다. 당장 일을 그만두고 싶었다. 노인에게 오늘은 쉬고 싶다고 했더니 혀를 차며 나를 멀끔히 바라보았다.

"그런 정신 상태로 살아 있는 것이 신기헌 일이주. 굶어 죽지 않은 것을 보민 세상이 정말 좋아져서. 시절이 좋아 지난 젊은 것들이 저 모냥 저 꼴이주…."

내가 거들지 않으면 노인도 일을 할 수가 없다. 노인은 담배 한 대 피우고 일을 시작하자고 달랬다.

"입에 풀칠이라도 허멍 사는 것이 쉬운 게 아니어."

그는 비가 쏟아질 거라며 일을 재촉했다. 들것을 끌고 가면서 좀 전에 헤어진 그 교우를 생각했다. 그는 제주에서 사진 작업을 하겠다는 나를 만류했던 사람들 중 하나였고, 오늘도 여전히 미친 짓이라고, 세상 물정을 모른다며 답답해했다. 그는 서울에 오면 꼭 연락하라고 명함을 주었지만 나는 그것을 쓰레기통에 던져버렸다. 그리고 누구에게도 연락을 하지 않았다.

한라산 기슭의 노루가 되다

중산간 마을을 떠나 한라산 중턱 표고버섯 재배 막사에서 사계절을 보냈다. 막사는 성판악 근처 해발 700미터 한라산 국립공원 경계에 위치해 있었다. 비라도 뿌리는 날이면 호젓하다 못해 암울한 고독감이 밀려드는 이곳은 무인도와 다를 바 없는 산중이었다.

깊은 산, 사람 없는 골짜기, 기름등잔으로 불을 밝히고 마실 물마저도 구하기 힘든 산중 생활은 외로웠다. 서른 나이 가까이 문명의 편리함에 길들여진 몸과 마음이 산중 생활에 금세 익숙해지기를 처음부터 바라지도 않았지만, 혼자서 입성과 먹거리 모두를 해결해야 하는 일은 생각했던 것보다 훨씬 어려웠다. 견디기 힘든 고통이 따랐다. 다시 사람들이 사는 마을로 돌아가고 싶었다. 마음을 다잡는 일이 더 걱정이었는데 그러기 위해선 이전의 나를 둘러싸고 있던 껍질부터 버려야 했다.

아침저녁으로 사진과 실랑이를 끝내고 난 뒤에 찾아오는 한가한 시간은 또 다른 시험이었다. 이건 한가함 정도가 아니라 사지가 다 녹아내리는 무료함이었다. 하루하루 사정에 맞춰 소일거리를 찾았다. 노루가 되기로 했다. 숲의 구석구석, 계곡의 이곳저곳을 헤집고 다니면서 갖가지 버섯들을 물끄러미 들여다보기도 하고 갖가지 이끼들을 무슨 보물이라도 되는 듯 챙기기도 했다.

지천으로 널린 더덕이며 도라지, 두릅, 머위, 양하, 멜순(선밀나물) 등이 좋은 찬거리가 되어주었고 철따라 익어가는 나무열매는 심심한 입을 위한 간식이었다. 그렇게 하루하루가 지나는 동안 새로운 세상에서 만나는 온갖 사물들은 또 다른 나를 빚어내는 자양분이 되었고, 그것들과 더불어 지내며 난 시간의 흐름마저도 잊어버렸다.

'집'은 표고버섯 농장의 관리사였다. 산중에서 혼자 지내는 시간이 많다 보니, 농장의 붙박이 일꾼인 노인과도 소 닭 보듯 데면데면 지냈다. 노인은 말하자면 산사람이었다. 오십 년이 넘는 세월을 산에서 살았고, 가족들이 사는 서귀포 시내는 그를 붙잡아두지 못했다. 시내에서는 답답증 때문에 며칠을 견디지 못하고 산중으로 들어와 혼자 지내는 노인이었다. 산중 생활에 재미를 들여가는 서른 나이의 젊은이가 노인은 여간 걱정스러운 게 아니었던가 보다. 어쩌다 마주치기라도 하면 산에서 내려 보내지 못해 안달이었다.

"산은 요사스러워서 사람을 홀리는 법이여, 한번 홀리게 되면 절대로 산을 떠나지 못해. 산에 맛 붙이고 인생 망치지 않은 놈 못 봤어."

노인의 걱정은 반은 협박이었다. 그때마다 나는 딱 일 년만 살겠다고 잘라 말했다.

노인은 산중 생활에 빠져 일생을 망쳤던 사람들의 얘기를 줄줄이 꿰었다. 남들에게 뒤처져 머지않아 후회할 게 뻔하다고 마주칠 때마다 잔소리를 해댔다. 덕분에 내겐 걱정해주는 노인과 마주치지 않으려고 이리저리 눈치 보는 일이 하나 더 늘었다.

노인의 충고가 거듭될수록 나는 나대로 한평생 산중 생활을 포기하지 않는 그에 대한 호기심이 쌓여갔다. 그것은 분명 범상치 않은 인생의 신비일 텐데, 잘하면 나도 경험해볼 수 있겠다는 생각이 들었다. 그후로 그나마 뜸하던 도시 나들이도 삼가고 산중에서 모든 것을 해결했다. 그러나 일 년이라는 시간으로는 모자랐다.

노인이 한평생 가다듬어온 삶의 지혜를 터득하기엔 역부족이었지만, 그에게 장담한 대로 일 년을 채우자 미련 없이 산을 내려왔다.

그후 새로운 거처로 정한 곳이 구좌읍 대천동이다. 중산간 마을 외딴 집에서 외부와 접촉을 끊고 순수 자연인으로서 사진 작업에만 몰두했다. 그렇게 또 십 년을 살았다. 그 세월 동안 사진만을 짝사랑하며 평범한 삶의 방식을 거부해온 나를 두고 어떤 이는 부러워하고, 더 많은 이들은 '정신 빠진 놈'이라는 걸진 표현으로 동정 아닌 동정을 보냈다.

처음 한동안은 나를 이해시키려고 필요 이상의 설명을 늘어놓는 것도 일이었다. 이제는 그들의 궁금증을 앞질러 내가 먼저 '미친놈이라서…'라고 말하는 요령도 생겼다.

정말 어려운 일이다. 내 자신이 영락없는 필부이면서도, 그만저만한 필부들의 삶을 거부한 채 사진만을 안고 살아가는 내 고집을 그들에게 이해시킬 재간이 없다. 더구나 십 년 동안 버텨온 옹고집을 대변할 사진도 지금 내게는 없다. 언제가 될지는 몰라도 분명 오고야 말 '그날'을 위해 벙어리 냉가슴으로 사진만을 짝사랑하며 살아가려고 노력할 뿐이다.

아쉬운 대로 십 년 세월이 내겐 소중하다. 인간이 자연의 일부임을 깨달았고, 또 비록 일 년이지만 산중 생활의 맛을 내 식으로 느낄 수 있었으므로.

어머니의 쌈지

　　백 살까지는 문제없다던 어머니가 암으로 세상을 떠났다. 백 살까지는 몰라도 장수하실 거라고 나도 장담했다. 내가 기억하는 한 어머니는 아파서 누워 지낸 적이 단 한 번도 없었다. 그런 어머니를 두고 동네 사람들은 복 많은 여편네라고 부러워하면서도 토를 달았다.

　"너희 어머니같이 건강한 분은 몸져누우면 일어나지 못한다. 이젠 나이 먹었으니 쉬엄쉬엄 일하시라고 하거라."

　동네 사람들의 염려대로 몸져누운 어머니는 다시는 일어나지 못하고 세상을 떠났다. 마음씨, 솜씨, 맵시가 빼어났던 어머니는 모두에게 인기가 좋았다. 어머니를 알고 있는 친척이나 이웃들은 어머니의 죽음을 무척 안타까워했다.

병원에서 더 이상 가망이 없어 고향으로 내려갈 때, 어머니는 보자기에 싼 쌈지를 내 손에 쥐어주었다. 그것은 어머니의 소지품 중에서 유일하게 내 마음에 쏙 들었다. 쌈지가 생각날 때마다 달라고 어머니를 졸랐다. 그때마다 어머니는 사내놈이 쌈지를 탐낸다고 나무랐다.

"장가가서 각시 줄 거야."

"장가도 못 갈 놈이 무슨 각시타령은…. 장가들면 네 각시한테 직접 주마."

어머니와 헤어지자 참았던 눈물이 왈칵 쏟아졌다. 영영 돌아오지 못할 길을 떠나시는 어머니! 골목 외등 밑에 기대어 쌈지를 풀어보았다. 돈이었다.

이별의 순간 미운 자식에게 전하는 마지막 사랑의 표현이었다. 카네이션 한번 못 달아드리고, 다음다음 미루기만 하다 떠나보낸 어머니였다. 맥이 풀렸다. 허무했다. 손가락 하나 까딱할 기운도 없었다. 이틀 동안 넋이 나가 있었다.

기운을 차리고 자리에서 일어난 후에도 원인 모를 불안이 계속되어 정상적인 생활 리듬을 잃어버리고 순간적으로 넋이 나갔다. 손에 열쇠를 쥐고도 열쇠를 찾느라 한동안 소란을 피우고 중요한 이야기 중에도 멍하니 먼산을 보곤 했다. 정신이 오락가락 종잡을 수가 없었다.

어느 날 어머니를 만났다. 오랜만에 고향에 내려온 아들놈을 위해 어머니는 한상 가득 차려놓고 나를 반겼다. 건강한 모습의 어머니는 밥상머리에 앉아 밥을 먹는 나를 뚫어져라 바라보았다. 계란찜을 먹어라, 갈치조림을 먹어라, 음식은 맛있게 먹어야 복 받는다고 참견을 했다. 오랜만에 맛보는 어머니의 요리 솜씨에 허리띠 풀고 배 터져라 먹었다. 배가 부르자 움직이기 싫어

그냥 방바닥에 누웠다. 어머니의 시신을 붙들고 하염없이 통곡을 하다가 낮잠에서 깨어났다.

방문을 열었다. 한여름 땡볕에 어머니가 장독대에서 고추장을 담고 있었다. 어머니를 보는 순간 안도의 숨을 쉬었다. 기뻤다. 꿈치고는 재수 없다고 투덜거리며 장독대로 갔다.

"엄니, 나 꿈꿨어…"

어머니는 대꾸도 하지 않았다. 장을 담그는 데만 정신이 팔려 있었다. 가끔 장난치던 대로 어머니 젖가슴을 만졌다. 어머니는 화를 내며 내 뺨을 후려쳤다. 어찌나 힘껏 쳤는지 난 케이오당하는 권투선수처럼 나가떨어졌다.

"엄니가 더 늙어 기운 빠지면 원수를 갚을 거야."

나의 요구사항을 받아주지 않을 때 어머니 속을 뒤집어놓으려고 내가 자주 했던 말이었다.

"이제 엄니까지 구박하는 거야?"

씩씩거리며 소리를 내질러도 어머니는 돌아보지 않았다.

"네놈이 사람 구실 혀봐라, 어미가 그러나…"

참을 수 없이 화가 난 나는 어쩔 줄을 모르고, 나 같은 등신을 낳고 미역국 먹은 게 누구냐고 고래고래 소리쳤다.

"동네 사람 모여들라. 동네 창피해 못 살겠다."

어머니가 항아리에 고개를 숙였다. 분함을 참지 못해 팔짝팔짝 날뛰던 나는 어머니의 머리를 힘껏 눌렀다. 어머니는 나를 밀쳐내려고 힘을 썼고 난 온 힘을 다해 어머니를 눌렀다.

"다시는 구박하지 않겠다고 약속해유."

어머니도 있는 힘을 다해 발버둥쳤다. 항아리가 깨졌다. 잘못했다고 울면서 빌었다. 얼굴에 고추장 범벅을 한 어머니는 꼼짝도 안 했다. 숨이 멎어 있었다. 울면서 어머니가 죽었다고 소리쳐도 아무도 나타나지 않았다. 앞집에도 뒷집에도 옆집에도 사람이 없었다. 울면서 사람 찾으러 다니다 잠에서 깨어났다.

꿈이었다. 잠에서 깨어난 후에도 부들부들 떨었다. 머리를 치고 살을 꼬집었다. 꿈이었구나. 그런데 꿈을 꾼 바로 그날 어머니가 돌아가셨다는 연락을 받을 줄이야.

유년의 기억부터 어머니에 대한 생각을 떠올렸다. 그날 밤 나는 밤을 새워 어머니의 비문을 생각했다. 비문을 써놓고도 어머니 생각이 나면 꺼내서 또 다듬기를 되풀이했다.

부모님이 돌아가신 후 유산을 정리할 때도 고향집만은 처분할 수 없다고 완강하게 반대했다.

"너 하나 앞가림도 못하는 주제에 무슨 비문이냐. 그거 생각할 시간에 어머니를 위해서라도 너 살 궁리나 해라."

그런다고 물러설 내가 아니었다. 절대로 그것만은 안 된다고 반대하니 형제들도 고향집만은 처분하지 않았다. 사는 동안 가정을 꾸리지 못하고 떠돌지라도 어머니의 기념비는 기필코 세우겠다며 소리쳤다. 고향집에 향나무며 목련, 매화, 단풍나무 등을 직접 구해다 심어놓았다. 그런 후에 제주도로 떠나온 뒤 두 번 다시 고향집을 다녀오지 못했지만 비문만은 열심히 다듬었다.

늘 당신을 기억하고 있습니다.
당신이 떠나야 한다는 선고를 받은 후
다짐을 했지요, 나의 길을 가리라.
나의 미래에 있어 당신은 큰 장애물이었지요.
눈물로 만류하던 당신의 모습이 나를 망설이게 했지요.
자식 도리 한번 못하고 떠나보내는
이 아픔 어찌 견디라고 하십니까.
사람들 속에서 부대껴야 한다며
도시에서 살라고 애원하던 당신이
떠나신다면 난 어찌하리까.

순간순간 다가오는 외로움
참기 힘든 아픔이었지만
당신 생각에 잘도 견딥니다.
보릿고개 넘으며
일곱 남매를 기르시던 당신이 있었기에
잘도 넘긴답니다.
살아생전 당신의 삶의 향기가
나의 몸을 지탱해주고 있습니다.
당신은 영원한 나의 동반자요,
당신의 육신을 삭혀
삶의 진실을 가르쳐주셨지요.

살아생전 깨달을 수 있었다면
나의 무거운 짐이 조금은 가벼우련만
부담감에 늘 쫓기고 있습니다.

견디기 힘든 순간에는
언제든지 다가오는 당신의 모습에
눈물을 참지 못해 참회하지요.
당신 배 곯아가며 키웠건만
당신의 그 아픔을 헤아리지 못한 어리석음에
늘 긴장 속에서 생활하지요.
나의 일에 몰두하게 하는 채찍이지요.
당신은 떠나고 없지만
당신의 향기는 언제나 그대로 남아
나를 지탱해주는 힘이지요.
살아 있게 하는 기력이 당신에게서 나오니
당신은 참으로 위대하십니다.

어머니만큼 나를 이끌어준 스승을 지금까지 만나지 못했다. 철이 들면서 어머니를 닮으려 했다. 어머니는 나의 스승이었다. 그 사랑에 보답하는 것이 나의 꿈이자 살아가는 이유였다. 어머니는 내 삶을 인도하는 나만의 등대였다. 방황과 절망 속에 허둥거릴 때면 어머니가 나를 구원해준다. 어머니의 쌈지를 생각할 때마다 나는 부끄러워지고, 긴장하게 된다.

어머니를 떠나보내야 한다는 것을 알았을 때 눈물에 인색한 나도 펑펑 눈물을 쏟았다. 어머니는 평소에 나를 독종이라고 했다. 눈물 흘릴 줄 모르는 독한 놈이라고 나무랐다.

"내가 죽어도 너는 눈물 한 방울 흘리지 않을 놈이다. 그러면 못 쓴다. 하늘 무서운 줄 알아야지. 너처럼 고집불통이면 안 된다. 부드럽고 유연한 물이 바위를 뚫는다. 남자는 유연해야 어디를 가든 밥 굶지 않는다. 딱딱한 사람은 늘 따돌림 당한다."

한때 자살을 결심했고, 그것을 결행하기 위해 독한 마음을 다져갈 때 어머니가 세상을 떠났다. 어머니를 먼 곳에 떠나보낸 뒤 비로소 세상을 살아야 할 가치를 깨달았다.

앞으로 나의 인생은 덤이다. 못난 자식 위해 돌아가신 어머니의 희생이 헛되지 않도록 어머니의 영혼을 내 몸 속에 되살렸다. 어머니의 죽음을 계기로 나의 영혼이 부활하는 느낌이었다. 어머니의 영혼이 내 몸으로 들어왔음을 느낀 후 나의 육신은 활력을 되찾았다. 오랫동안 나를 괴롭혀왔던 나약함과 어리석음과 미움이 범벅이 되어 오기로 변했다. 오기는 다시 기력으로 변했다.

어머니의 삶은 나의 안경이다. 나는 어머니의 삶을 통해 세상을 들여다보고 삶을 배운다. 삶의 고비마다 어머니의 삶을 통해 기운을 얻는다. 살아생전에 어머니는 나의 육신을 키워주었고 돌아가신 뒤에는 나의 영혼을 살찌웠다. 어머니를 기억하는 모든 이들에게 그 삶이 헛되지 않았다는 것을 꼭 보여주고 싶었다.

상처투성이 아버지의 죽음

아버지는 내 마음 은밀한 곳에 늘 존재하고 있다. 섬에서는 잊고 지내다 서울에 가야 할 일이 있을 때는 기억 속에 새롭게 떠올랐다. 세상을 떠나신 후에도 나는 아버지를 이해할 수 없었다. 아버지를 이해하기 시작한 것은 섬 생활 이후부터. 함께 떠나자는 여인의 제안을 뿌리치고 섬에 내려와 나만의 삶에 빠져든 후로, 아버지에 대한 미움이 사랑으로 변해갔다.

아버지의 알코올 중독을 이해하기에는 내가 너무 어렸다. 아니, 이해하려고 노력조차 하지 않았다. 아버지에 대한 분노만을 키워가던 나를 앉혀놓고, 어느 밤 외숙 내외가 긴 이야기를 시작했다.

결혼하고 얼마 후 아버지는 경찰서 유치장에 갇히는 신세가 되었다. 어머니는 그 추운 겨울날 어린 큰형을 업고 면회를 다녔다. 아버지는 좌익으로 몰려 몇 달을 유치장에서 살았다. 그 일이 있은 뒤로 성실하던 아버지가 술을 마시기 시작하면서 폭군으로 변해갔다.

중학교 1학년이던 나는 외삼촌 집 건넌방에서 그 말을 들었다. 다음날 좌익이 뭐냐고 물었지만 외삼촌은 모르는 얘기라고 잡아떼었다. 그후 삼촌, 할아버지, 할머니, 친척들 누구도 말을 해주지 않았다. 어머니조차 그런 소리를 입 밖에 내면 절대 안 된다고 신신당부를 했다.

나는 아버지를 이해하지 못했다. 이해하지 못하면서 우리는 함께 살았다. 이해하지 못하고 살면서도 사랑할 수 있다는 것을 나는 알았다. 내가 폐병에 걸려 시골에 나타나자 아버지 걱정이 이만저만이 아니었다. 아버지는 일이 손에 잡히지 않는다며 당숙 집으로 왔다가 며칠을 함께 지내며 아픈 나를 다독거렸다. 아버지도 늙으신 탓인지 전에 없던 자상함이 영 부담스러웠다.

아버지는 아들의 불행을 진심으로 슬퍼했다. 무엇이든 아들을 도와주려고 나섰다. 그러나 아버지의 그런 마음이 내게는 부담이 되고 불편했다. 아버지도 나에 대해 전혀 모르고 있었다. 그러니 무엇을 도와야 할지도 몰랐다.

섬에서 서울로 올라갈 때면 늘 돈이 궁하다. 스무 시간 정도 걸리는 서울 나들이에서 점심 사먹을 여유조차 없다.

새벽 네 시에 일어나 아침을 준비하고 점심으로 먹을 김밥을 만든다. 일곱 시에 목포행 페리를 타고 목포에서 다시 기차로 갈아타서 서울역에 도착하면 얼추 밤 열 시쯤 된다. 밥 사먹고 택시 타고 하다 보면 비행기 요금과 엇비슷한 돈이 들지만 늘 배를 타고 다녔다. 온종일 아버지를 생각할 수 있어

좋았고, 하늘길이 열리기 전 섬사람들이 뭍으로 나들이하던 불편함을 상상할 수 있어서 처음 오 년 동안은 배를 타고 다녔다.

배를 타고 가는 지루한 시간에 아버지를 생각하는 것이 좋았다. 아버지와 대화하며 내 자신을 보았다. 아버지에 대한 미움과 증오가 나 자신에게 되돌아왔다. 아버지를 미워했던 것만큼 나 자신을 미워하고 증오했다.

아버지가 술에 취해 나타나면 온 가족이 아버지 눈치 살피기에 급급했다. 어머니의 헌신에도 아버지는 사사건건 트집을 잡았고, 그날 밤은 집안이 들쑤셔놓은 벌집이 되었다. 그런 모습을 지켜보면서 나는 차라리 아버지가 집을 나가주기를 바랐다. 아버지가 술을 마시는 날이면 가족들은 모두 공포에 떨며 숨을 죽였다. 그런 아버지가 싫었다. 언젠가는 마을 앞 저수지에 술 취한 아버지를 떠밀어버리겠다고 마음먹기도 했다. 이 끔찍한 계획을 누구한테도 말하지 못했다.

그런 아버지를 지금은 사랑한다. 나는 아버지에 대해 아는 것이 없다. 끝내 이해하지 못한 채로 아버지를 떠나보냈기 때문이다. 아버지를 이해하고 사랑하고, 오랫동안 기억하고 싶다. 그런데도 아버지에 대해 알 수가 없다. 남들이 기억하고 있는 아버지는 내가 알고 있는 범위를 넘어서지 못했다. 아버지가 살아계셨다면 좀더 많은 것을 이해할 수 있었을 것이다. 그런데 때가 되기도 전에 아버지는 떠나고 말았다.

어머니가 돌아가시고 다섯 달 만에 아버지도 갑자기 세상을 떠났다. 알코올 중독의 후유증으로 특별히 아프지도 않았다. 나는 아버지의 임종을 지켜보지 못했다. 내가 부모님의 죽음에 오래도록 사로잡혀 있는 것은 어쩌면 그

분들에 대한 죄책감 때문인지도 모른다. 두 분의 죽음은 내게 큰 의미가 있다. 당신들의 죽음을 통해 나는 삶을 이해하기 시작했다.

부모님을 차례로 떠나보낸 뒤 삶의 가치에 대해 깊이 생각했고 홀가분하게 섬으로 돌아왔다. 자식으로서 못다 한 도리를 이제나마 잊지 않으리라 다짐했다. 부모님의 뜻을 헤아리며 그들의 삶을 생각하는 것이 섬에서의 삶을 지탱하는 힘이 되어주었다.

결혼도 못하는 소나이놈

　　　　　아침부터 온종일 싸락눈이 내렸다. 강한 바람에 눈발이 날려 눈도 뜰 수 없고 숨 쉬기도 곤란하다. 혹시나 하는 기대감에 두 시간 넘게 눈보라치는 초원에서 기다리다가 셔터 한번 누르지 못하고 돌아오는 길은 발걸음이 무겁다.

　버스에서 내렸던 큰길에서 이십 분에 한 번 지나가는 시외버스를 기다린다. 온몸이 부들부들 떨리고 따뜻한 물 한 잔 생각이 간절하다. 지나가는 차들을 향해 기대도 없이 손을 흔들어보지만 승용차도 트럭도 그냥 스쳐갈 뿐이다. 추운 날이나 비가 오는 날이면 더욱 세워주지 않는다는 것을 알면서도 손을 들어본다. 차들이 질주하는 도로에서 기다리는 이십 분은 카메라를 받쳐놓고 기다리는 두 시간보다 지루하다. 그래도 다행인 것은 버스가 제 시간에 와준다는 것이다.

　"좋은 사진 찍었습니까?"

　버스 운전사가 먼저 웃으며 인사를 한다. 아침저녁 버스를 타고 촬영을 다니다 보니 운전사들과도 안면을 트게 되었다. 그들이 나를 만나면 던지는 질문은 엇비슷하다. 운전사 가까이 앉으면 질문이 쏟아지는 통에 아예 멀찍이 자리를 잡는다. 어떤 기사는 차비를 받지 않는다. 다음에 돈벌이 될 때 한꺼번에 달라고 한다. 촬영 준비를 서두르다 돈을 챙기지 못하고 버스를 타면 그날 차비는 외상으로 한다.

"오늘 같은 날은 하루쯤 따뜻한 방에서 쉬지 왜 나옵니까?"

"집에만 있기 심심해서요."

미리 준비한 잔돈을 운전사에게 건네고 돌아서자 할아버지가 반가워하며 삼각대를 받아준다.

"시내 다녀오세요?"

"신경통 때문에 침 맞으러 다녀서."

젊은 사람이 시골에 처박혀 오랫동안 잘도 산다고 늘 대견해하며 아들처럼 대해주는 노인이다. 한동네 살고 있으니 일부러 찾아뵙지 않아도 오가는 길에 종종 마주치곤 한다.

"장가는 가서?"

"장가는 무슨 장가요."

"너 고자냐?"

"…."

그 말을 듣고 있던 사람들이 웃음을 터뜨린다. 운전사도 백미러를 힐끔거리며 따라 웃는다. 그 옆에 앉은 이웃 마을 할머니가 한마디 거든다.

"하르방, 노망들어수꽈?"

"이 여자 저 여자 거느리는 맛에 젊을 때는 좋을지 몰라도 나이 들면 후회헌다. 장가갈 때 꼭 연락허라. 돼지 혼 마리 잡게."

"연락하면 딴소리하지 마세요."

중산간 마을에서 평생을 살아온 노인들과 대화를 나누다 보면 땅을 일구며 터득한 그들의 지혜에 탄복하게 된다. 감탄사를 연발하다 보면 시간 가는 줄 모른다. 촬영 나가는 길에 할아버지와 마주치게 되면 이야기는 끝도 없이 이어진다. 이야기를 끊지 못해 촬영을 놓친 적도 있다. 그럴 때는 저녁에 찾아뵙겠다고 둘러대고 자리를 피하는 것이 상책이다.

"요전에 곱닥헌 처녀 둘이 집 앞에서 내렴서라."

"지나가다 들른 거예요."

"순진한 처녀 울리지 말고 혼 여자 골라잡으라. 눈 코 입 제대로 붙엉 이시민 되는 거여. 여자는 똑같앙, 어떤 여자도 살당 보민 정이 들고 정 붙영 살당 보민 세상 사는 맛도 생기주."

할아버지는 만날 때마다 결혼 이야기를 빼먹지 않는다. 시작하면 보통이 삼십 분이다. 화제를 바꾸려 해도 할아버지의 이야기는 계속된다.

"요즘에 어떤 여인숙에 다념시냐? 하룻밤에 얼마 허여니?"

"…"

"혼자 사는 소나이놈이 그런 데 안 다닌댄 허민 거짓부랭이주. 혼 달에 몇 번이나 들락거렴시냐? 돈 벌엉 허튼디 쓰지 말앙 정신초리라."

다른 승객들이 웃거나 말거나 할아버지는 큰 소리로 이야기를 이어간다.

"소나이 물건은 쓰지 안허민 녹슬엉 곰팡이 피민 기능도 저하되고 제때

서지도 않어. 소나이 놈들이 기집 싫어헌댄 새빨간 거짓말이여. 소나이는 여자를 밝히게 만들어정 이시난, 남자호곡 여자는 붙엉 살아야 완전한 거주. 조물주가 경 만들었구게."

할아버지는 그동안 나에게 해주었던 말들을 기억시켜주려 생각나는 대로 이야기를 마구 쏟아낸다. 부모가 보채지 않아 혼자 산다고 당신이 더 걱정이다. 막둥이 아들을 작년에 팔았다며 나를 안쓰러워한다.

"하널이 이시민 땅이 있곡, 낮허고 밤이 이신 이유가 뭔듸. 동물덜도 때가 되민 발정허곡…."

이야기하는 데 정신이 팔린 할아버지에게 운전사가 내리라고 고함을 친다. 서둘러 할아버지 짐보따리를 챙겨 내려주고 다시 버스에 올랐다.

"조만간 들리라. 저녁에는 집에 이시난."

그 할아버지와는 인연이 깊다. 섬에 정착하기 전에 오름 사진을 찍으려고 초원을 헤매다가 우연히 알게 된 사이다. 그 초원은 할아버지 소유의 목장이었다. 그곳에 방목하는 소를 보러 왔다가 나를 만난 것이다. 그날 밤 할아버지 집에서 묵었다. 긴 시간 할아버지와 이야기를 나누며 섬에 대해 강한 매력을 느꼈고, 언젠가는 이곳에 정착하겠다고 마음을 먹었다.

그때의 결심은 몇 해 뒤 실행에 옮겨져 나는 정말로 짐을 싸들고 섬으로 내려왔다. 얼마간 해안 마을에 살다가 중산간으로 거처를 옮긴 후 할아버지 집에서 두 달 가량 더부살이를 하기도 했다.

영개바, 나이 들엉 어떵허려고

"어떵 지냄샤?"

"잘 지내."

"뭘 먹으멍 사냔 말이다."

"끼니 거르지 않고 살아."

"이젠 밥벌이가 됨시냐?"

"될 리 있어?"

"요즘도 노가다햄시냐?"

"…"

"신혼 부부 사진이라도 찍어야 할 거 아니? 벌이가 괜찮다던데 알아봐주카?"

"됐어."

"돈벌이가 없어도 잘 견딘다니? 필름값 대주는 홀어멍 생긴 거 아니?"

"어디 있으면 알아봐주라."

"돈벌이 안 되는 사진만 찍을 게 아니라 돈 많은 홀어멍 알아보라게. 경허는 것이 빠를 거라. 언제꺼정 남의 집에 얹혀 구질구질하게 살 꺼냐? 이제는 움막이라도 장만해야 될 꺼 아니? 넌 몇 년 전이나 지금이나 그대로다. 내 똘 보라. 벌써 중학생이야. 몇 년 이시믄 시집보낼 꺼라. 경헌디 넌 뭐햄시냐. 영 개비야 정신차려라. 너도 이젠 중년이라. 알암시냐?"

내 친구 병선이는 제주도 토박이다. 우리 마을을 경유하던 시외버스 운전기사였다. 나를 만나면 차비를 받지 않고, 만 원도 주고 이만 원도 주었다. 터미널에서 나와 마주치기라도 하면 끌고 가 국밥이라도 사 먹여야 직성이 풀렸다. 그러는 사이 병선이와 친구가 되었다.

집이 서귀포인 그 친구는 터미널 근처에 방을 얻어 지냈다. 열쇠를 하나 주면서 언제든지 자고 가라고 했다. 또 버스 시간표를 복사해 건네주며 시내 나갈 일이 있으면 자기 차를 타라고 했다. 시내 나갈 때는 국밥 먹는 재미에 한두 시간 기다려 병선이가 운전하는 버스를 탔다. 그 친구에게서 열쇠를 받은 후에는 시내에 나갈 일이 있어도 느긋해졌다. 아홉 시에 끝나는 막차를 놓치면 그 친구 집으로 가서 하룻밤 신세를 졌다.

병선이는 나를 위해 쌀과 라면, 과일 따위를 항시 준비해놓고 있었다. 그래서 그가 버스 종점인 표선읍에서 자는 날에도 끼니 걱정은 없었다. 그런 병선이는 모슬포에서 치킨 대리점을 시작하기 전까지 내게 많은 도움을 주었다. 병선이는 마음이 넉넉한 만큼 사업도 순조롭게 잘 되었다. 동생들과 목공소를 운영하며 큰돈을 벌어 서귀포 바닷가에 양옥집을 짓고 민박도 쳤다.

"해가 바뀌면 나아지는 게 있어야 할 것 아니? 밑 빠진 독에 물을 채우멍 세월만 허비하지 말앙, 정신 좀 초리라. 요노마, 카메라 메고 건달처럼 싸돌아다니지 말앙. 세상 무서운 줄 알아라. 나이 들엉 어떵허려고 경햄샤. 영 가버린 영개바, 더 늙기 전에 절에 들어가불라. 아는 스님 중에 사진 찍는 스님이 이신디 소개시켜주크라. 그 스님 주지 스님이라. 짚차 몰고 사진 찍으러 다니메. 잘 나가는 스님이라."

밑 빠진 독에 물 채우는 나를 보고 사람들은 정신 나갔다고 혀를 찬다. 그래도 나는 웃는다. 불혹의 나이가 되도록 밥벌이도 못한다고 핀잔을 주어도 웃는다. 그 나이에 장가도 못 가고 뭐했냐고 다그쳐도 웃는다.

사실 십수 년 동안 밥벌이도 안 되는 일에 몰두했지만 딱히 이거다 하고 드러내 보일 것이 없다. 뚜렷한 결과는 없지만 부끄럽지 않으려고 나름대로는 최선을 다해왔다.

온종일 혼자 지내며 사진만을 생각했다. 일 년 내내 중산간을 떠나지 않고 사진에만 몰입했다. 찾아오는 이가 없으면 흘려보내는 시간도 없으니 사진에만 빠져들 수 있다. 신문도 텔레비전도 없이 사진만 찍고 살았는데도 보여줄 것이 없다. 남들이 굳이 보여달라고 보채면 세상을 보았고 삶을 보았다고 말한다. 그러면 대개는 어이없다는 반응이다. 사람들이 확인하고 싶은 것은 돈이나 명예다.

내게도 형제들이 그립고 친구들이 그리워 잠 못 이루는 밤이 있다. 그리움 때문에 일이 손에 잡히지 않아 떠돌기도 한다. 형제들, 친구들에게 무엇인가 보여주고 싶지만, 하염없이 세월만 흘렀지 마땅히 보여줄 것이 없다. 성실하게 무엇인가 열심히 채운다고 채웠건만 아무것도 없다. 일 년만 더 참고 기다려보자고 이를 악문다. 그러고 일 년이 지난 후 다시 들여다봐도 채워진 것이 없다. 사진에 빠져들수록 언제나 부족한 것만 눈에 띨 뿐이어서 훌훌 털고 접지 못한다.

그래도 세월이 흐를수록 사진에 몰입해 있는 시간이 즐겁다. 친구들과 어울려 지내는 시간보다도 작업하는 것이 더 즐겁다. 이제는 서울에 올라가도 이틀을 못 견디고, 아무리 중요한 일이라도 대충 마무리하고 서둘러 섬으로 내려온다. 홀로 사진 찍는 것보다 즐거운 일을 아직까지 발견하지 못했다. 문제는 사진 찍는 재미에 흠뻑 빠져 사람의 도리를 다하지 못한다는 것이다. 섬에 정착한 뒤로 한 번도 고향을 다녀오지 못했다. 부모님 제사는 물론이고 묘소도 찾아보지 못했다.

명절 때가 되면 병선이가 집으로 찾아온다. 처자식 대동하고 나타나서 세상은 이렇게 사는 거라고 한바탕 휘젓고 떠난다.

"홀아방 집에 더 이서봤자 먹을 것도 안 나올 거고, 가크라. 먼 길 오는 형님 생각행 장가 좀 가라. 경허야 더운 밥 한 그릇 얻어 먹주. 이치축하다간 홀아방 장가도 못 가크라."

117

118

나의 전속 모델

마라도에는 젊은이들이 없다. 내가 마라도를 드나들며 사진 작업을 하던 1980년대 중반에는 어리다고 할 수밖에 없는 동갑내기 여자아이 둘뿐이었다. 그들은 나의 친구이기도 했다. 아이들은 나를 좋아했고, 나도 아이들이 좋았다. 그 아이들과 친해지기는 쉽지 않았다. 마라도를 찾을 때마다 붙임성 있게 대하자 아이들도 결국 마음을 열었고 이후에는 어렵지 않게 어울릴 수 있었다. 아이들과 함께 지내는 동안은 섬 생활의 무료함을 잊을 수 있었다.

두 아이는 나의 전속 사진 모델이었다. 나는 그 아이들이 초등학교에 입학하던 무렵부터 생활하는 모습을 꾸준히 카메라에 담았다. 담임은 이 년마다 바뀌었으나 나는 아이들이 졸업할 때까지 줄곧 지켜보았다. 내가 한동안 섬에 들르지 않으면 아이들은 몹시 궁금해했다. 오랜만에 섬에 들어가 수업중이라도 불쑥 문을 열고 들어서면 반갑게 맞아주곤 했다.

아이들보다 일찍 학교에 나가 수업이 끝날 때까지 함께 지냈다. 아이들은 쉬는 시간이면 내게 커피를 끓여주기도 하고 점심시간이면 라면을 끓여 도시락을 함께 나눠 먹기도 했다. 아이들과 친구처럼 어울려 공기놀이나 술래잡기도 하고, 그네를 타기도 했다.

한곳에 오래 눌러앉는 성격이 아니어서 늘 떠돌다 보니 아이들을 잊고 지낼 때도 있었다. 그러다 문득 아이들이 생각나면 곧장 섬으로 달려갔다. 만날 때마다 아이들의 키는 한 뼘씩 자라 있었다.

정기적으로 유람선이 다니기 전에는 섬을 다녀가기가 쉽지 않았다. 하루 한 번뿐인 뱃길마저 이삼 일에 한 번 꼴로 강한 바람에 발이 묶였다. 작은 섬이지만 마라도에는 동서남북 네 군데에 선착장이 있다. 태풍주의보가 내리지 않아도 왔던 배가 접안하지 못하고 돌아가는 경우도 많다. 대단히 중요한 용무가 있어도 쉽게 다녀갈 수 없는 섬이 마라도였다. 더구나 한겨울이면 섬을 찾는 이들의 발길마저 뜸했다.

두 아이가 초등학교 3학년이던 그해 12월이다. 일주일째 뱃길이 막혀 섬에 갇혀 지낸 일이 있었다. 아이들은 겨울방학 전 마지막 시험을 치르는 중이었다. 두 아이는 바늘과 실처럼 늘 붙어다녔다. 그러면서도 시험 때만 되면 경쟁자로 변했다. 시험 치는 날만큼은 멀찍이 떨어져 서로를 경계했다. 나는 아침부터 난로 옆에 앉아 시험에 열중인 아이들을 지켜보았다. 선생님은 아이들의 시험지를 채점하고, 쉬는 시간이면 그것을 앞에 놓고 두 아이를 불러 야단쳤다.

두 아이와 함께 점심을 먹은 후 작은 아이는 커피를 끓이고, 큰 아이는 설거지를 했다. 큰 아이는 설거지를 하면서도 시험을 잘 본 탓인지 콧노래를 불렀다. 다른 때 같으면 서로 설거지를 미루는데 그날만큼은 달랐다. 작은 아이는 우울해 보였다.

큰 아이는 활달하고 명랑한 반면 작은 아이는 수줍음을 타며 내성적이다. 큰 아이는 꼼꼼하고 섬세했다. 난로 옆에서 선생님과 함께 차를 마셨다. 12월 초순의 날씨치고는 포근했다. 아이들은 밖에서 놀지 않고 내 주위를 맴돌았다. 선생님이 나가서 놀라고 하자 마지못해 밖으로 나가는 눈치였다. 그것도 잠시, 이내 다시 들어와 내 곁에서 떠나질 않았다.

선생님을 곁눈으로 힐끔거리던 큰 아이가 내 주머니에 뭔가를 쑥 넣어주고는 얼굴이 새빨개졌다. 선생님은 여전히 시험지를 채점하는 중이었다. 주머니에 넣은 것을 꺼내 펼쳐보려고 하자 큰 아이가 당황해하며 내 손을 잡고는 귀에 대고 작은 소리로 말했다.

"절대로 선생님 있는 데서 보지 마세요."

큰 아이는 새끼손가락을 내밀며 약속하라고 눈짓을 했다. 눈치를 살피고 있던 작은 아이도 손가락 걸어 약속하는 것을 확인한 뒤에 내 주머니 속으로 무언가를 넣어주었다. 그러곤 두 아이 모두 쪼르륵 운동장으로 뛰쳐나갔다.

큰 아이는 미리 준비를 했는지 예쁜 편지지에 썼고, 작은 아이는 공책을 찢어 쓴 편지였다. 큰 아이가 쓴 편지는 '사랑해요 아저씨!'로 시작해 길게 이어졌다. 오랫동안 섬에 오지 않아서 걱정했다며 한 달에 한 번 오지 못하면 전화나 편지를 하라고 주소와 전화번호를 적어놓았다. 작은 아이는 편지에 크리스마스 때 카드를 보내달라며 주소를 적어놓았다.

마라도에서 머물 때 나는 큰 아이의 집에 묵었다. 그날도 아이와 함께 집으로 돌아와 둘이 바닷가로 나갔다. 다른 때 같으면 작은 아이랑 같이 산책을 하곤 했는데 그날은 작은 아이가 보이지 않았다. 날씨는 따뜻했지만 폭풍주의보가 내린 상태라 바람이 거셌다. 큰 아이는 바람을 막아줄 바위틈으로 나를 이끌었다. 아이들과 함께 지내며 섬의 식물이며 물고기, 해산물들의 이름을 토박이 언어로 배우기도 했다.

그날따라 아이는 말없이 바다만 바라보았다. 명랑하고 발랄했던 예전의 그 아이가 아니었다. 무엇인가를 곰곰이 생각하는 아이의 모습을 조심스럽게 촬영했다. 다른 때 같으면 애를 먹이곤 하던 아이가 바다만 응시할 뿐 어떤 반응도 보이지 않았다. 카메라를 거두고 난 뒤에도 아이는 바다로 향한 시선을 거두지 않았다. 내가 장난스럽게 굴어도 반응이 없기는 마찬가지였다.

카메라 가방을 옆에 내려놓고 물 빠진 갯바위로 갔다. 한참을 둘러보아도 성게나 소라는 보이지 않았다. 멀리까지 물이 빠지는 날이면 반찬거리를 장만하려고 갯가로 나오던 마을 사람들도 강한 바람 때문인지 아무도 나와 있지 않았다. 그때 아이가 다가왔다. 그러곤 손을 펴보라고 했다. 아이는 웃으면서 팔을 걷어 올렸다. 운동화와 양말을 벗어 내게 건네주는 것이다. 아이를 따라다니며 아이의 모습을 지켜보았다. 카메라를 가져와서는 아이의 모습을 놓치지 않고 찍었다. 바닷물에 옷을 적신 아이는 사진을 찍지 못하게 했다. 아이의 성격을 아는 나는 자리로 돌아가 말없이 지켜보았다.

잠시 후 해산물을 한 움큼 들고 돌아온 아이의 옷은 많이 젖어 있었다. 추운 겨울 바닷바람을 맞으며 아이는 몸을 떨고 있었다. 나는 서둘러 집으로 돌아가자고 했다. 아이는 소라 껍질을 돌멩이로 내리쳐 알맹이를 골라내었다. 소라나 성게 등의 해산물은 아무나 함부로 채취할 수 있는 것이 아니다. 해녀들만이 공동으로 잡을 수 있다. 마을 사람들한테 들키면 벌금을 내야 한다. 아이는 추위에 입술이 새파랗게 변했는데도 집으로 돌아갈 생각을 않고, 돌멩이를 내리쳐 꺼낸 소라 알맹이를 바닷물에 씻어오고는 미리 준비해온 초고추장을 내놓았다.

아이는 먹지 않았다. 칼로 성게를 자르고 알을 꺼내어 내게 주었다. 나는 아이가 주는 대로 받아먹었다. 그날 아이는 젖은 옷을 입은 채로 저녁 무렵까지 나를 위해 성게와 소라를 손질했다. 그 모습을 사진 찍으려 하자 아이는 그제야 집으로 돌아갔다.

열흘을 머물다가 섬을 떠나올 때, 아이들은 교문까지 따라나서며 크리스마스카드를 보내주겠다는 나의 다짐을 확인했다. 나는 선물도 보내주겠다며 손가락 걸고 약속했다. 섬에서 나와 곧장 집으로 가지 않고 시내에 들러 카드와 선물부터 준비했다. 그런데 시내 나갈 기회가 없어 차일피일 미루고, 시내 나갈 일이 있을 땐 집에서 챙겨 가지 못해 카드와 선물을 보내지 못하고 말았다.

그후 궁색하지만 약속을 지킬 수 없었던 핑계를 그럴듯하게 생각해서 섬에 들렀다. 큰 아이는 완전히 달라져 있었다. 건성으로 인사하고는 눈 한번 마주치지 않았다. 뒤늦게 가져간 카드와 선물을 큰 아이는 끝내 받지 않았다. 그리고 내 카메라를 의식적으로 피했다.

뭍의 것들, 육지 것들

섬의 토박이들은 나를 보고 뭍의 것들이라고 말한다. 특히 노인들과 이야기할 때 자주 듣는 소리다. 처음엔 사람을 얕잡아보는 것 같아 듣기 싫었지만 나중에는 괜찮아졌다. 노인들은 섬사람들을 섬 것들이라고 한다. 사람들의 무리를 그냥 '~ 것들'로 부른다.

십 년을 줄곧 섬에서 생활했어도 나는 여전히 뭍의 것들에 속했다. 섬 것들 속에 포함되려면 삼대가 지난 뒤에라야 자연스레 스며들 수 있단다. 나도 이제는 섬사람 아니냐고 고개를 치켜들고 되물으면 섬의 토박이들은 고개를 가로저으며 웃는다.

제주에서 몇 차례 사진전을 열 때마다 나는 뭍의 것들로 분류됐다. 간혹 신문에 실린 전시회 기사를 보면 나는 섬에 머무르며 사진을 하는 사람으로 소개가 된다. 언젠가는 떠나야 할 사람으로 그려진다. 전시회 팸플릿이나 엽서, 포스터, 카드를 선물하면 토박이들은 뭍에서 왔느냐고 묻는다. 그렇게 생각하는 이유를 물어보면 대답은 한결같다. 흔히 보아왔던 섬 사진들과는 다르기 때문이라는 것이다. 뭍에서 왔기 때문에 사진이 다르다고 생각하는 사람들에게 구체적인 이유를 물었다. 섬 토박이들은 늘 보는 풍경이기 때문에 눈에 익숙해져 무심히 스쳐 지나는 것을 뭍의 것들은 신선하게 받아들이기 때문이라고 말한다.

"우리는 늘 보며 생활하기 때문에 무심히 스쳐 지납니다. 그런데 육지 사람들은 관심 있게 바라보지요."

"그렇지 않아요. 아무리 익숙한 풍경일지라도 새롭게 바라보려고 노력을 하기 때문입니다. 제 사진이 색다르게 느껴지는 것은 제가 뭍의 것이기 때문만은 아닙니다. 눈에 익숙해진 풍경들을 대하는 마음이 다르기 때문이죠."

내 사진이 여느 사진가들과 다른 점이 있다면, 그건 사진을 찍는 동기가 다르기 때문일 것이다.

척박한 섬에서 바람과 싸우면서 씨 뿌려 거두고, 성깔 사나운 바다에서 물질을 해도 늘 배고픔에 시달린다. 허리띠 졸라매지 않으면 살아남을 수 없는 막다른 상황에서 변방의 불모지를 일구며 살아온 섬 토박이들의 가슴앓이는 옥토를 가꾸며 살아온 뭍의 것들과 비교할 수 없을 것이다. 그래서 나는 섬을 선택했다. 섬에서 무엇을 작업할 것인가. 그 문제는 살아보지 않고는 해결할 수 없었다.

세상이 변해 오늘날 뭍의 사람들은 섬으로 몰려와 바람 많은 척박한 땅에 뿌리내리려 한다. 사람 살 곳이 못 된다며 변방이라 부르던 시절, 토박이들은 살아남기 위해 피눈물을 흘렸었다. 인내와 희생만을 요구하던 시절을 살다간 그들의 땀과 눈물의 흔적이 이 땅에는 아직 남아 있다. 그렇게 살다 떠난 토박이들의 흔적들을 한곳에 모아야 한다고 결심했다.

제주도에 정착하게 된 것은 섬에서 나만이 하고 싶은 이야기가 있기 때문이다. 뭍의 것들이기에 일상적인 풍경이 새롭게 다가오는 것이 아니다. 내 사진에 표현하고 싶은 주제(마음)가 다르기 때문이다.

섬에 정착하기 전에도 일 년에 한두 번씩 섬을 드나들며 사진 작업을 했다. 그런데 작업하는 방식을 바꾸지 않으면 나만의 시각으로 섬을 이야기할 수 없겠다는 생각이 들어 아예 섬에 눌러앉아버렸다.

내가 원하는 사진만을 찍으며 생활하는 그 자체로 만족한다. 사진작가로, 예술가로 인정받아야 할 이유도 없어졌다. 찍고 싶은 사진만을 찍으며 살아가는 사진장이로 만족하면 그만이다. 섬에 정착하기 전 찍었던 제주도 사진으로 몇몇 사진 전람회에서 입선을 했다. 공모전을 생각하고 사진작가로 인정받을 수 있는 사진을 찍다 보니 순수하게 사진에 몰입하기 어려웠고, 그렇게 찍은 사진 또한 다른 사진가들의 것과 비슷했다. 그후로는 공모전도 사진작가의 길도 포기했다.

시인들은 일상의 평범한 언어로 시를 창작한다. 시인들은 평범한 주변의 이야기들을 아주 쉬운 언어로 새롭게 승화시킨다. 시인들이 일상에서 느낄 수 없는 새로움을 표현하듯, 나도 눈에 익숙해진 평범한 풍경 속에서 보통

사람들이 느낄 수 없는 무엇인가를 표현하려고 오랜 시간 기다리며 사진을 찍는다.

나는 사진 작업을 위해서 무리들과 어울려 지내지 않는다. 혼자 견뎌야 하는 무료함과 지루함이 때론 우울하기도 하다. 그런 기분을 달래겠다고 친구들과 어울리다 보면 마음이 혼란스러워진다. 사람들을 만나 무료함을 달래려면 시간과 돈이 든다. 금전적으로 궁색한 나는 혼자 지내며 사진만을 생각한다. 무슨 일을 하더라도 돈이 절약되는 것들만 찾아서 한다. 사진 찍는 사람에게는 사진만을 생각하는 것이 돈을 절약하는 길이다. 돈은 없고 시간이 많은 나는 늘 사진만을 생각한다.

필름을 사고 나면 끼니를 걱정해야 하는 처지이고 보니 늘 혼자 지내는 처지다. 그래서 가끔 오해를 사는 경우도 있다. 어떤 이는 섬사람들과 어울리지 않고 잘난 척한다고 타박을 하고, 또 어떤 이는 뭍의 것이라 저희들하고만 어울린다고 손가락질을 한다.

믿을 수 없는 일기예보

바다 한가운데 솟아오른 섬인데도 내가 살던 성읍 2리 구렁밧은 주민들이 바닷일이 아닌 농사에만 의존하여 사는 중산간 마을이다. 그 마을에 사는 한 노인의 이야기다.

노인이 송아지를 팔아서 마을에서 처음으로 소형 라디오를 샀다. 노인은 신기한 물건에 정을 붙여 온종일 끼고 살았다. 어느 봄날 노인은 타작한 유채를 멍석에 널어 말렸다. 그래놓고 동네 사람들과 어울려 낮술을 마시다 보니 비가 올 것같이 하늘이 꾸물거렸다. 한 잔만 더 마시라는 권유를 뿌리치고 내처 집으로 돌아왔다. 멍석에 널어놓은 유채를 자루에 퍼 담는데 라디오에서 흐린 후 맑겠다는 일기예보가 나왔다. 설마 라디오에서 거짓말하랴 싶어 일기예보를 믿고 이슬만 피할 수 있게 유채를 대충 덮어놓았다. 그러곤 낮술을 많이 마신 탓에 깊은 잠에 빠져들었다. 자다가 오줌이 마려워 눈을 떠보니 마당에 장대비가 쏟아지고 있었다. 빗물에 잠겨 있는 유채를 보자 분통이 터져 라디오를 돌담에 집어던졌다. 그후 동네 사람들은 일기예보를 믿지 않았다.

자연을 의지해 살아가는 이들은 자연의 변화에 민감하다. 그들의 예측은 거의 대부분 정확하게 들어맞는다.

섬사람들은 봄이 되면 울안의 소들을 넓은 초원으로 내몰아 풀어놓고 기른다. 노인은 손자 놈을 동무 삼아 소를 보러 간다. 한라산 저편에 바람꽃이 핀다. 그러면 할아버지는 큰 바람이 몰려올 것을 알고 소들을 방풍림이 있는 풀밭으로 몬다. 할아버지의 갑작스런 행동에 손자 놈은 불만스럽다. 빨리 가서 동무들과 어울리고 싶은데 할아버지 생각이 바뀌어 놀기는 글렀다. 서두르지 않는다는 할아버지의 호통에 손자 놈은 정신없이 뛰어다닌다. 풀잎 하나 움직이지 않고 고요한데 큰 바람이 올 거라고 서두르는 할아버지가 야속할 뿐이다.

그러나 저녁 밥상을 물리기도 전에 바람이 불기 시작한다. 할아버지의 예감은 적중했다. 밤새 큰 바람이 불어 초가지붕이 다 날라갔다. 할아버지 예측에 탄복한 손자는 할아버지를 졸라 그 비법을 전수받는다. 노인은 아버지의 아버지가 그랬던 것처럼 기회 있을 때마다 손자에게 자연의 신비에 대해 하나하나 가르쳐준다.

배를 띄우는 어부들이나 씨를 뿌리는 농부들은 자연의 변화를 읽을 줄 알아야 한다. 자연을 의지해 살아가는 이들은 전적으로 일기예보를 믿으려

하지 않는다. 빗나가는 일기예보를 곧이곧대로 믿었다가는 낭패를 보기 쉽다. 일기예보는 참고나 할 뿐, 그들의 방식대로 하늘을 읽고 바람의 방향과 강약을 알고, 바다의 물결이나 빛깔을 보고 내일을 준비한다. 일기예보는 틀려도 그들의 예감은 백발백중이다. 24절기를 따져 씨를 뿌리고 거두며 보름과 그믐을 따져 배를 띄운다.

자연을 대상으로 작업을 하는 사진가들도 그들 못지않게 자연의 변화를 읽을 수 있어야 한다. 대가들이나 사용하는 명품 카메라를 가졌다고 해도, 사진가가 원하는 상황을 맞이하지 못하면 좋은 사진을 기대할 수 없다. 요즘에는 가상의 현실을 연출해 작업하는 사진가들도 있다. 그러나 풍경 사진의 경우에는 한계가 있다. 자연을 대상으로 하는 풍경 사진의 경우에는 자연의 순환 법칙이나 우주의 운동 원리를 이해하지 못하고는 작업이 불가능하다.

사람들은 대개 노을 사진을 찍을 때 해가 수평선 너머로 잠기면 카메라를 챙겨 돌아온다. 그러나 십오 분쯤 후의 노을은 더욱 장관이라는 것을 그들은 모른다. 그 황홀한 아름다움은 단 이삼 분 안에 사라진다. 해가 솟기 이삼십 분 전의 청잣빛 하늘은 한겨울이 으뜸이다.

바람이 심하고 구름이 짙은 날은 사진가들이 피한다. 흐린 날이라도 바람 많이 부는 날에는 일이 분 동안 햇빛을 볼 수도 있다. 그 일이 분을 위해 사나흘 동안의 기다림을 감수하다 보면 가슴 뛰게 하는 풍경과 마주할 수 있다. 바람이 강하게 부는 날은 구름이 빨리 흐른다. 초보자들은 대개 이런 날씨를 반기지 않는다. 하지만 구름 사이로 잠깐씩 드러나는 햇빛은 맑은 날 볼 수 있는 그것과 사뭇 다르다. 이런 날씨에는 해 지기 한 시간 전에는 작업을 끝내야 한다. 그렇지 않으면 햇빛을 구경할 수 없다.

농부나 어부처럼 사진가도 기후 변화를 읽을 줄 알아야 한다. 바람과 구름, 바다를 보고 일이십 분 뒤의 기후 변화를 예측할 수 있어야 한다. 그 예측이 정확하다면 원하는 사진을 얻을 수 있다. 자연이 변화무상하다고 해도 그 원리를 알고 나면 단순하다. 자연의 순환 법칙과 우주 운동 원리를 벗어나 갑작스레 변화하는 이상 기후가 아니라면 일정한 법칙을 가지고 변화하기 마련이다.

일출 사진의 경우 어떤 느낌을 표현하려고 하느냐에 따라 접근 방법이 달라진다. 어떤 이는 수평선에 태양이 떠오르는 순간을 기다리고, 어떤 이는 붉게 물든 하늘과 바다를 기대하고, 어떤 이는 태양이 솟아 오른 뒤 바다에 나타나는 태양의 붉은 그림자를 기다린다. 사진가의 생각에 따라 셔터 누르는 순간이 제각각이다. 구름에 태양을 가리거나 태양을 드러나게 하는 것은 사진가의 의지이다. 어느 순간에 셔터를 누를 것인가는 사진가 스스로 선택한다.

사진 속에 표현된 분위기는 사진가의 감정(마음)을 통과한 선택된 분위기다. 사진은 사진가의 감정(마음)을 통과해 해석된 분위기이다. 농부나 어부들이 자연의 변화를 읽어내듯, 사진가들도 자연의 변화를 읽고 적절하게 대처하지 못하면 좋은 사진을 기대할 수 없다.

바람 없는 맑은 날 바라본 바다와, 맑고 파도가 거친 날 바라보는 바다가 똑같을 수는 없다. 물때에 따라서도 바다의 느낌이 달라진다. 똑같은 시간 똑같은 장소에서 바다를 보아도 바라보는 사람의 마음에 따라서도 달라진다. 사람들의 시선을 끌지 못할 것 같은 평범한 풍경이라도 사람들의 마음을 감동시킬 풍경을 떠올리고 그 순간을 기다리다 보면 실제로 자신이 원하는 사진을 얻을 수 있다.

상상력이 빈약한 사진가는 세계적인 명승지를 찾아 나선다 해도 눈에 보이는 아름다움밖에 표현하지 못한다. 그렇다면 굳이 사진으로 작업할 이유가 없다. 그곳에 가서 풍경을 직접 보는 것이 더 효과적이다. 시간과 돈이 없어 못 가는 사람들을 위해서라면 작품이라고 과대 포장을 할 필요가 없다. 정보를 위한 사진이라면 오히려 동영상이 효과적이다. 바다 사진을 찍더라도 남들이 보지 못하는 또 다른 아름다움을 표현할 수 있어야 한다.

본다는 행위에도 육감이 동원되어야 한다. 만져보고 느껴보고 들어보고 맡아보고 쳐다보고 난 후 종합적인 감동이어야 한다. 일출과 일몰 사진을 통해 내가 감상자들에게 전해주고 싶은 것은 둥근 해가 떠오르고 넘어가는 과정의 풍경뿐만이 아니다. 자연에 대한 경외심과 그 감동까지 함께 나누고 싶다.

그래서 난 사진에 제목 붙이는 것을 거부한다. 전시회를 열 때도 전체 제목만을 고집한다. 사진마다 제목을 붙임으로써 감상자의 상상력을 제한하고 싶지 않기 때문이다. 작품 설명을 부탁해오면 단호히 거절한다. 설명할 수 있으면 글로 표현했을 것이다. 설명할 수 없기에 사진으로 표현하는 것이다.

그렇다고 나의 주관만을 강조해서 사람들의 상상력을 제한하고 싶지는 않다. 작가의 의도를 헤아리다 보면 감상자의 감동이 줄어들 수 있다. 바다 사진 속에 새가 등장하지만 새의 울음소리, 바람의 강약, 바닷가 특유의 향기 등은 사진 속에 나타나지 않는다. 사진 속에 나타나는 현실은 입체감이 사라진 평면의 현실이다. 구름의 움직임, 바닷물의 흐름, 파도의 강약 등은 사라져버린다.

사진은 이미지의 미라이다. 내가 원하는 사진은 박제된 동물이나 새가 아니다. 새의 생김새나 크기를 설명하기 위해 사진을 찍는 것이 아니다. 새가 숲에서 즐겁게 노래하는 모습, 무리끼리 지저귀는 소리에 숲의 분위기가 달라진다. 그런 분위기에 빠져들면 생각이 꼬리에 꼬리를 물고 이어진다. 나는 그런 숲의 분위기를 사진으로 표현하려 한다.

작은 새 한 마리가 강한 바람을 가르며 수평선을 향해 날아간다. 새벽 여명 속을 헤치고 작은 목선 하나가 먼 바다로 고기잡이를 떠난다. 커다란 화물선이 태풍을 피하기 위해서 바다를 가로질러 지나간다. 구름 한 점 없는 하늘에 제트기가 흰 선을 그리며 지나간다. 사진 속에 새, 배, 비행기, 사람이 끼어들면 전체적인 분위기가 달라진다.

바다 사진을 찍을 때 배, 새, 바위, 비행기, 사람 그 어떤 것도 사진 안에 끼어들지 않는다. 바다는 텅 비어 있다. 구름의 양, 구름의 모양, 구름의 색 등에 따라 바다도 변한다. 필터 등을 이용한 기술적인 효과도 배제한다. 필름이나 렌즈도 하나만을 고집한다. 수평선을 프레임 중앙으로 놓고 위는 하늘, 밑은 바다다. 프레임을 결정한 나는 같은 프레임으로 계속 촬영한다. 일출이나 일몰도 같은 방식이다.

그릇의 쓰임이 빈 공간에 있듯, 사진 속의 공간도 최대한 비워놓는다. 도예가가 찻잔을 만든다. 그 잔을 쓰는 사람이 물을 담으면 물잔이 되고, 술을 담으면 술잔이 된다. 옛날 옹기들이 장독대에서 이제는 방 안으로 자리를 옮겼다. 꽃병이 되기도 하고, 우산꽂이가 되기도 한다. 사진도 보는 사람에 따라 느낌이 달라진다. 나 자신을 위해 찍는 사진이 아니라 보는 사람을 위한 사진이다.

아름다움은 발견하는 자의 몫

가을, 봄, 여름 할 것 없이 사진가들이 제주도를 찾는다. 취미로 하는 사람이건 직업으로 하는 사람이건 일 년 내내 섬으로 몰려온다. 유채 꽃 피는 봄이면 일출봉 주변으로, 철쭉꽃 피는 5월이면 백록담 주변으로, 억새꽃 피는 가을이면 산간 초원으로 몰려든다. 윗세오름 산장에 근무하는 산사람들은 철쭉꽃 피는 5월이나 눈 내리는 겨울이면 빗발치는 사진가들의 전화에 귀찮아 죽겠다고 푸념을 늘어놓는다.

윗세오름 산장에 근무하는 산지기의 이야기를 듣다 보면 시간 가는 줄 모른다. 철쭉이 피는 5월이었다. 서울에서 사진가들이 몰려와 산지기가 거짓말을 했다고 불만을 터뜨렸다. 사흘 전에 분명히 꽃이 절정이라고 해서 만사 제쳐놓고 날아와 보니 꽃이 시들었다고 산지기를 닦달한다.

"전화 받은 당시에는 분명히 절정이었지요. 해질 무렵부터 강한 비바람이 이틀 동안 계속되다가 몇 시간 전부터 바람이 자고 햇볕이 나고 있습니다. 하늘의 조화를 내가 알 턱이 있습니까? 철쭉을 찍겠다고 열흘 전부터 산장에 머물고 있는 사진가한테 물어보십시오. 우리가 거짓말을 하는지…. 그 사진가처럼 열성은 없더라도 어느 정도 성의는 있어야죠. 자연을 상대로 작품을 하는 사진가들이 그 정도도 모르는 것은 아닐 텐데, 생트집 잡지 마세요. 선생들처럼 생트집 잡는 사진가들이 하나 둘이 아니에요. 골치 아파 죽겠어요."

섬에서 사진을 찍다 보면 많은 사진가들을 만난다. 사진가들은 어떠어떠한 사진을 찍어야겠다고 미리 마음속에 결정을 하고, 소재를 찾아 차를 몰고 섬 구석구석을 찾아 헤맨다. 며칠을 정신없이 돌아다녔건만 엇비슷한 소재도 찾지 못했다고 투덜거린다. 유채꽃이 필 무렵이면 신양의 섭지코지, 오조리, 종달리 해안도로, 우도로 몰려간다.

사진가들은 미리 상상하고 있던 사진을 찍기 위해 새벽부터 어두워질 때까지 밥을 굶어가면서 기다린다. 이삼 일을 기다려도 원하는 상황이 연출되지 않으면 불평을 늘어놓기 시작한다.

유채꽃과 일출봉 그리고 파란 하늘… 자신이 원하는 한순간을 기다린다. 이삼 일 기다린다고 파란 하늘이 나타날 리 없다. 해양성 기후 때문에 봄철이면 맑은 날에도 이내가 끼어 하늘이 뿌옇다. 봄이면 온종일 장대비가 내리다가 한두 시간 반짝 파란 하늘이 나타난다. 그리고 다시 뿌옇게 이내가 낀다. 한두 시간 나타나는 파란 하늘을 찍지 못했다고 투덜거린다. 파란 하늘을 찍을 수 있었던 사진가의 행운을 부러워하며, 운이 따라주지 않는다고 투정을 부린다.

파란 하늘을 찍을 수 있었던 사진가의 접근 방식을 터득하려고 고민하지 않고, 운이 따르지 않는다고 불평하며 또 다른 소재를 찾아 나선다. 방 안에서 상상했던 소재를 발견 못하면 장소를 계속 옮겨 다닌다. 혼자 상상하고, 상상이 빗나가면 찍을 것이 없다고 장소를 옮긴다. 접근 방식이 틀렸는데 장소를 옮겨간들 찍을 것이 나타날 리 없다.

그러면서 화가나 시인들을 부러워한다. 사진은 현실을 상대해야 하니 어렵다고 시인에게 화가에게 하소연한다. 시인도 웃고 화가도 웃는다. 그들이 웃는 이유를 사진가는 이해 못하고 자기 고민만 늘어놓는다. 시인과 화가는 슬그머니 자리를 피한다. 시인은 단어 하나로 몇 달을 아파하고, 화가는 선 하나로 몇 년을 아파한다. 그런데도 사진가는 셔터 한번 누르기 위해 며칠 기다리다 이내 운이 나쁘다고 투덜거린다.

섬 중의 섬인 마라도는 바람이 많기로 유명하다. 특히 겨울에는 바람 때문에 주민들도 문 밖으로 나가지 않는다. 온종일 서 있어도 사람 구경하기 힘들다.

최남단 마라도에서 새해 첫 일출을 찍겠다고 사진가 두 사람이 섬을 찾았다. 사진가협회 누구누구라는 명함을 받은 민박집 주인이 그들에게 나를 소개했다.

"이 양반 마라도에서 살다시피 합니다. 마라도 박사예요. 뭐든지 물어보세요."

저녁 식사하고 술 한잔 걸치며 그들과 이야기했다.

"오늘 도착하다 보니 아직 촬영 포인트를 찾지 못했습니다. 새해 첫 일출을 꼭 찍어야 합니다. 새벽에 함께 나갑시다."

분위기가 무르익기 전에 다음날 새벽 사진 작업을 핑계로 서둘러 일어났다. 나이 지긋한 그 사진가들은 다음 촬영 때문에 내일 열 시 배로 나간다며, 일출 촬영의 중요성을 다시 한번 강조했다.

"촬영 포인트 가르쳐주는 거야 어렵지 않지만, 내일 열 시 배는 힘들 겁니다."

다음날 새벽, 내 말을 이해 못한 그들에게 민박집 주인이 열심히 설명했다.

바람코지를 피해 등대 밑 오목한 곳에 자리를 잡았다. 해가 올라 오르려면 이십 분 정도 기다려야 한다. 한 사람은 8×10mm 카메라를, 또 한 사람은 4×5mm에 파노라마 홀더를 꺼냈다. 두 사람은 카메라 초점을 맞추려고 파인더를 열심히 들여다보았다. 내가 여명의 황홀한 모습을 소형 카메라로 서른여섯 장을 찍을 때까지 그들은 카메라 세팅에 여념이 없었다. 바람이 거칠어 숨쉬기도 어려웠다. 해가 구름 사이로 모습을 드러냈다. 나는 부지런히 셔터를 눌렀다. 그들은 서둘러 소형 카메라를 꺼냈다. 바람이 강하게 불 때는 소형 카메라가 제격이라는 사실을 그제야 안 것이다. 해는 일 분 정도 잠깐 모습을 드러냈다가 다시 구름 속으로 파고들었다. 나는 카메라를 챙겨 일어나며 장소를 옮기자고 말했다. 두 사람은 그 자리에 계속 남겠다고 했다.

"오늘은 기대하기 힘들 거예요. 구름 상태를 보세요."

그들은 결국 강한 바람 때문에 셔터 한번 못 눌러보고 마라도를 떠났다. 폭풍주의보가 내리지는 않았지만, 바람이 강해 정기 여객선이 오지 않자 고깃배를 대절해 서귀포로 떠났다.

"천오백 원이면 나갈 수 있는데 십만 원씩 주고 배를 대절할 필요가 있을까요? 이틀 후면 바람이 잠잠해질 텐데…."

"손바닥만한 섬을 며칠씩 찍을 게 있나요? 비행기 타고 왔는데, 서귀포에 나가 몇 작품 건져야지요. 마라도에 머물러봐야 뻔하잖아요, 시간만 아깝지."

민박집 주인이 불러준 고깃배를 타고 두 사람은 서둘러 섬을 떠났다.

"카메라는 비닐로 싸야 합니다. 파도가 엄청날 거예요."

배에 오르는 그들에게 큰 비닐봉지를 건네주었다.

마라도에서 오래 머물다 보니 전국에서 몰려든 사진가들을 많이 만날 수 있었다. 그들은 대개 엇비슷한 생각을 갖고 두메산골 구석구석 남들이 가지 않는 곳을 찾아 나서는 사람들이었다. 사진 장비만 한 짐 챙겨 와서 하나같이 기가 막힌 순간이 오기만을 기다렸다. 비싼 카메라를 가졌다고 좋은 사진을 찍는 것이 아닌데도 카메라 자랑에 여념이 없고, 지명도 있는 사진가가 무슨 카메라로 좋은 작품 찍었다면 당장 그 카메라로 관심이 옮겨갔다.

마라도는 바람이 유명한 섬이다. 그 점을 고려하지 않고 대형 카메라를 가지고 오는 사진가들이 있다. 수평 구도라는 마라도 지형의 특수성을 고려하지 않고, 핫셀 브라드 카메라를 들고 와 어깨에 잔뜩 힘을 준다. 그것으로는 풍경 사진이 어렵다는 걸 뒤늦게 깨닫고 주민들의 모습을 카메라에 담으려 한다. 마라도는 한 해에 10만 명 정도 관광객이 다녀간다. 그 중에 사진가들도 많다. 이 사람 저 사람 카메라를 들이대다 보니 주민들은 카메라만 보면 고개를 돌린다. 특히 카메라가 고급스러우면 과민 반응을 보인다. 60여 명의 주민 가운데 섬에 상주하는 이들은 40여 명이다. 그들은 한두 번쯤 방송국 카메라 앞에 섰던 경험도 있다. 그런 그들에게 카메라를 들이대고 사진을 찍기란 매우 어려운 일이다.

사시사철 똑같은 장소에서 동일한 카메라, 동일한 방법, 동일한 목적으로 촬영해도 사진가마다 사진이 다르다. 어떤 순간이나 이미지를 상상하고 원하는 순간이 오기까지 인내심을 가지고 기다려야 한다. 쉽게 기다림에 대한 보상을 받을 수도 있고, 기다림이 영원히 계속될 수도 있다. 상상력이 빈곤한 사진가는 작업을 적당히 마무리하기 위해 기술적인 장치에 의존한다. 자연을 소재로 하는 풍경 사진도 작가의 생각을 적극적으로 개입시킬 수 있다. 우연히 좋은 사진을 얻을 수 있지만 철저한 준비 뒤에 얻는 사진의 감동을 따라갈 수는 없다.

태양의 위치나 그날의 날씨 변화는 사진가가 개입할 수 없지만 원하는 순간을 기다릴 수는 있다. 셔터 누를 순간을 포착하는 것은 사진가의 의지다. 촬영지의 지형이나 기후 상태 등을 확인하여 그곳에 맞는 카메라와 렌즈를 준비하고, 위치를 선정하고 프레임을 결정한다. 사진가가 원하는 이미지를 표현하기 위해 모든 요소들을 통제하고 선택한다. 셔터를 누르기 전에도 사진가의 의지가 적극적으로 개입된다.

아름다움은 어디에도 존재한다. 그런데도 사람들은 아름다운 곳을 찾아 해외로 나간다고 아우성이다. 물론 경치가 빼어난 곳을 찾아가면 좋은 사진을 찍게 될 확률이 높다. 하지만 어떤 바다나 강에도 큰 고기는 있기 마련이다. 운이 좋아야 좋은 사진을 찍을 수 있는 것이 아니다. 행운은 사진가 스스로 준비해서 맞이하는 것이다.

떠나보내는 심정

설이나 추석이 되면 마라도 사람들은 대부분 뭍으로 나간다. 모슬포, 가파도, 서귀포로 명절을 지내러 하루 전날 섬을 빠져나간다. 섬은 텅 비고 개나 고양이, 닭, 염소가 섬을 지킨다. 등대나 초소에 직업상 어쩔 수 없이 남아 있는 사람들이 있지만 그들은 근무지를 떠날 수 없기 때문에 섬에서 걸어다니는 사람을 구경할 수가 없다.

어느 해 추석이었다. 태풍이 올 거라는 일기예보를 듣고 마라도로 왔지만, 태풍은 일본 앞바다에서 방향을 바꿔 섬에 별다른 영향을 미치지 않고 지나갔다. 나는 꼬박 팔 일째 태풍을 기다리는 중이었다. 태풍을 찍겠다고 몇 번 시도했지만 매번 실패로 돌아갔다. 이번 태풍 시즌에는 꼭 찍고야 말겠다고 작정하고 사람들 다 떠난 추석에 혼자 마라도에 남았다. 장마가 끝나면 초가을까지 수십 차례 태풍이 지나가건만 기다리는 사람에게는 좀처럼 기회가 찾아와주질 않는다.

마라도를 이해하려면 섬에서 태풍을 직접 경험해보아야 한다. 마라도 사람들의 삶에 절대적인 영향을 미치는 바람을 경험해보지 않고는 마라도의 삶을 이해할 수 없다. 바람 중에 으뜸인 태풍을 경험하지 못하고는 더 이상 마라도를 느낄 수 없다.

살레덕 포구에서 마을 사람들을 떠나보내고 언덕에서 배를 지켜보았다. 가파도 멀리 하얀 배가 사라질 때까지 지켜보는 동안 나는 소리 없이 눈물을 흘렸다. 잠시 머물다가 떠나는 여행객들을 보내는 토박이들도 그렇게 눈물을 흘렸을 것이다.

민박집 주인들이 손님에게 필요 이상의 정을 붙이려 하지 않는 이유를 비로소 알았다. 나는 늘 떠나는 사람이기에 떠나보내는 사람의 심정을 헤아리지 못했다. 여행객들을 퉁명스럽게 대하는 토박이들의 마음을 이제는 이해할 수 있었다.

떠나는 사람들은 떠난 뒤에 가끔 섬을 그리워하지만, 섬에 남아 있는 사람들은 단조로운 생활에 사람이 늘 그립다. 늘 혼자인 나도 외로울 때가 있다. 육지에서 온 손님이 떠난 뒤에는 한동안 사람을 그리워하며 산다. 바쁜 도회지 사람들은 그럴 여유가 없겠지만, 한가롭게 지내는 나는 손님들과 함께 즐거웠던 순간들이 한동안 정신을 혼미하게 하여 정처 없이 떠돌곤 한다.

추석날 오후부터 바람이 불기 시작했다. 저녁 무렵에는 비바람이 거세졌다. 새벽이 되어 태풍주의보가 내렸다. 사라호 태풍을 능가하는 A급 태풍으로, 일본 쪽으로 진출할지 어쩔지 방향은 좀더 지켜봐야 한다고 예보했다. 추석 다음날부터 뱃길이 완전히 끊겼고, 노련한 어부들도 목선을 띄울 수 없는 사나운 바다로 돌변했다. 사흘 뒤 태풍이 제주도에 상륙했지만 다행히 사라호 태풍 때처럼 큰 피해는 없었다. A급이라지만 도중에 세력이 약해져 제주도를 비켜갔다.

텅 빈 섬을 열흘 동안 혼자 지켰다. 민박집 주인의 배려로 양식 걱정은 없었지만 반찬거리가 없어 고추장과 간장만으로 견뎌야 했다. 마을 사람들이 없다는 것만으로 나는 외로웠고, 전에 느끼지 못한 또 다른 것들을 느낄 수 있었다.

마라도에서는 특별한 소일거리 없이 한 철을 살아도 도회지 삶이 그리워지지 않는다. 아주 작은 섬이지만 자연의 교향악이 잠시도 멈추지 않는 곳이다. 그 교향악은 아주 감동적이지만 누구나 들을 수 있는 것은 아니다. 그걸 들을 수 있는 사람이라면 마라도에서는 한 철을 혼자 살아도 그리운 사람이 기다려지지 않는다. 온종일 바다와 하늘로 공허한 마음을 채운다.

마라도 사람들은 십만 평이 안 되는 평화로운 작은 마을에 몇십 명이 옹기종기 등 기대고 행복한 삶을 살았다. 때로는 오붓하게, 때로는 싸우고 얼굴 붉혀가면서도 한 식구처럼 다정하게 살았다. 실제로 이웃간에 누이바꿈(결혼)을 했으니 친인척이나 마찬가지다. 그런데 섬 생활이 만족스럽지 못하니 마음에 불만이 쌓여만 간다. 불편하고 궁핍하고 답답하게 살아야 하는 삶에 투정을 부린다. 금슬 좋은 부부가 사랑하고 미워하고 증오하고 다시 사랑하듯, 마을 사람들도 티격태격하며 사람다운 삶을 살았다.

오붓한 삶을 꾸려갈 수 있는 이상적인 터전이었지만 더 나은 삶을 위해 하나 둘 마을을 떠나갔다. 평화로운 마을에 관광객들의 발길이 이어지면서 불협화음이 잦아졌고, 사람들도 서서히 변해갔다. 관광객들은 섬을 떠나면서 마을의 평화를 한 움큼씩 가슴에 담고 갔다. 그러면서 자신들이 가져왔던 도회지의 스트레스를 몽땅 섬에 남겨놓고 빠져나갔다.

평화롭고 범죄 없던 마을에 법을 들먹이는 싸움이 잦아지면서 인정이 메말라가고, 이웃간의 살가운 정도 희미해졌다. 배고픈 시절 서로 돕던 이웃들이 등을 돌리고 언성을 높여갔다. 사람들은 점차 아픈 가슴 다독여주던 섬 특유의 삶을 포기했다. 어느새 마라도는 경건한 삶터에서 도회지의 이기적인 삶터로 변해갔다.

1980년대 초반 처음 마라도를 방문했을 때 나는 충격을 받았다. 그때부터 섬의 평화로움에 매혹되었다. 그후 가슴에 뭔가 맺히면 그것을 풀기 위해 마라도를 찾았다. 사람들이 교회나 절, 성당을 찾아가 회개하고 기도하듯 나는 마라도에 가서 마음의 평화를 얻었다. 그곳에 가면 신을 느낄 수 있었다. 그곳에만 가면 가슴속 응어리가 풀렸다. 섬 그 자체가 삶을 깨닫게 해주는 경전이자 성지였다.

마라도에 가면 세상이 보인다. 작은 섬 안에 살아가는 데 필요한 모든 것이 있다. 종교, 철학, 문학, 회화, 음악, 무용이 모두 다 있다. 갯바위 파도는 시를 읽어주고 바람은 잠시도 쉬지 않고 노래하며, 억새는 춤추고 하늘과 바다는 그림을 그린다. 수평선은 고독과 자유를 강의하고 구름은 삶의 허무를 보여준다.

마라도는 참으로 아름다워서 좋다. 섬 안에서 일출과 일몰을 다 볼 수 있어서 좋다. 십 분만 걸으면 동서남북 원하는 곳에 가 닿을 수 있다. 일출과 일몰은 보고 또 보아도 볼 때마다 새롭다. 사랑하는 연인처럼 늘 섬이 그리웠다.

섬 생활은 모든 게 불편하다. 그래서 섬사람들은 언젠가 뭍으로 나가 살겠다는 꿈을 가지고 기회를 노린다. 열심히 돈을 모아 뭍에 나가 사람들 틈바구니에서 생활하고 싶어 한다. 뭍의 삶을 동경하다 보니 섬 생활에 대해서 불만이 많다. 사람들 스스로 사람 살 곳이 못 된다고 스스럼없이 말한다.

내가 마라도를 오르내리던 시절만 해도 마라도의 분교에는 학생이 둘 뿐이었다. 섬은 젊은이들을 모두 떠나보낸 늙은이들이 지켰다. 마라도뿐만 아니라 이 땅의 어느 산촌이든 어촌이든, 학교들이 하나씩 문을 닫아가고 있다. 젊은이들이 모두 도회지로 몰려가니 노인들만이 남아 삶터를 지킨다. 남아 있는 사람들의 삶은 고달프고 외롭다. 예배당과 법당을 지키는 구도자의 삶처럼 그들의 삶도 고독하다.

다시 마라도

내가 마라도에 가게 된 것은 어떤 기대도 없이 단지 우리나라 최남단이라는 이유에서였다. 사람들이 살기 시작한 지 백 년밖에 안 된 섬 중의 섬이라기에 찾았는데, 그 섬에 첫눈에 반하고 말았다. 그리고 헤어날 수 없을 정도로 빠져버렸다. 마라도에는 특별한 볼거리는 없다. 마라도는 느낌의 섬이다.

1980년대 초반은 마라도에 정기 여객선이나 유람선도 다니지 않던 시절, 민박 시설도 제대로 갖추어져 있지 않던 때였다. 도회지 생활에 길들여진 나에게 마라도는 모든 게 불편하고 답답한 섬이었다. 그런데 하루가 지나고 이틀이 지날수록 그 섬이 점점 좋아졌다. 한 번 찾고, 두 번 찾고, 찾아가면 갈수록 매혹되었다. 일주일도 살고 한 달도 살았다. 머물면 머물수록 느낌이 새로웠다.

　정기 여객선이 다니기 시작하면서 민박집이 생겼고, 교회와 절이 세워졌으며, 태양광 발전소와 쓰레기 소각장 같은 시설이 들어섰다. 언덕 위에 교회가 들어서자 처음 마라도에서 받았던 좋은 느낌이 반감되었다. 마을 한복판, 섬에 어울리지 않는 큰 절이 들어서자 전혀 다른 느낌이 들었다. 최남단에 기념비가 하나 둘 들어서자 차츰 마음이 닫혀갔다. 남의 집 불구경하듯 변해가는 섬을 지켜보며 혼자 아파했다. 누구도 떠돌이의 넋두리에 귀 기울이지 않았다. 욕망처럼 무서운 것은 없다. 만족할 줄 모르는 것보다 더 큰 어리석음은 없다. 이건 분명 발전도 아니고 개발도 아니었다. 한마디로 무지에서 비롯된 파괴였고 돌이킬 수 없는 크나큰 실수였다.

　시절이 변하면 사람도 변한다. 사람이 변해도 변하지 않는 것이 무엇인가. 건물도 도시도 오래되면 늙기 마련이다. 그리고 늙으면 죽는다.

　늙어도 죽지 않는 영원한 것은 무엇일까. 사람들을 매혹시키는 것이 마라도에는 분명히 존재한다. 사람을 환장하게 만드는 그 무엇을 보존하지 않으면 결국에는 모두가 외면할지 모른다.

　이제는 마라도가 싫다. 싫어도 마라도는 이 땅의 최남단이다. 마라도는 옛날 그대로인데 내 마음이 변했다. 여기저기 볼썽사납게 건물이 들어서고 기념비가 들어선 마라도에 사람들이 몰려온다. 구경 온 사람들은 볼 것 없다고 투정이고, 주민들은 사람들이 몰려와 섬을 오염시킨다고 불만이다. 서로가 책임을 떠넘긴다. 기회가 왔을 때 한몫 잡아 도회지 나가서 집 사고 승용차 굴리며 재미있게 살면 그만이다. 바람 부는 섬이 징그럽다. 외롭고 불편한 섬이 좋아 사는 것이 아니라, 먹고 살기 위해 어쩔 수 없이 사는 것이다.

> 우리나라 최남단의 섬 마라도는 너무 쓸쓸해서 오는 즉시 '왜 왔나' 하고 후회할 정도다. 그러나 외로움을 이겨낼수록 더 머물고 싶어지는 섬이다. 둘레가 천오백 미터밖에 안 되는 조그마한 섬 마라도는 해변을 따라 잔디밭길을 걷는 기분이 좋다. 작은 섬이지만 그렇게 여유 있을 수가 없다. 비바람은 물론이요 구름과 안개가 많아 날씨 변동이 심하다. 그렇지만 9월 중순의 날씨는 환상적이다. 새벽에 고기 잡는 풍경부터 시작해서 해뜨는 광경과 구름 걷힌 한라산의 웅장, 한나절 갯바위를 때리는 파도 소리, 하루를 마감하는 시뻘건 낙조, 한밤중의 별, 죽음 같은 정적, 따뜻한 인정미… 어디서 이런 절미한 세상을 만나겠는가.
>
> — 이생진

사람들은 벼르고 별러 비행기 타고 배 타고 마라도에 온다. 최남단 기념비 앞에서 사진을 찍고 해녀들이 따온 소라나 전복을 먹는다. 보이는 것이라곤 하늘이요 바다다. 수평선을 바라보며 이런 데서 어떻게 사냐고 혀를 찬다. 섬에서만 느낄 수 있고 생각할 수 있는 것들에 대해서는 관심 밖이다. 한 시간도 안 돼 수평선이 답답해서 유람선 타면 마이크 잡고 노래하고 춤을 출 궁리를 하며 술을 마신다. 마을 한복판에서 흥에 겨워 어깨춤을 춘다. 흥에 겨우면 최고다. 어렵사리 곗돈 모아 떠나온 여행이다. 살아생전 두 번 다시 못 올 여행이기에 본전 뽑기 위해서라도 술 마시고 노래하고 춤춘다. 원 없이 놀아야 직성이 풀린다.

　마라도는 사방을 둘러보아도 바다다. 물고기는 바다를 떠나 살지 못한다. 사람은 땅을 떠나 행복할 수 없다. 자연은 말없이 가르친다. 부드러운 것이 강한 것을 이긴다. 바위틈에 솟아나는 샘물을 보아라. 굳은 땅과 딱딱한 껍질을 뚫고 여린 새싹이 돋아나는 것을 보아라. 살아 꿈틀거리는 망망대해를 보아라. 빗방울이 모여 개울이 되고 강이 되고 바다가 된다. 자연이 들려주는 소식에 귀 기울이면 삶이 보이고 세상이 보이고 내가 보인다. 이제 눈을 감고 자연의 소리를 들어라.

156

내 삶의 길라잡이

제주에 정착하기 전 사진을 찍으러 자주 왕래할 때에는 새벽밥을 먹고 서울 집을 나서 섬에 도착하면 한밤중이었다. 열 시가 넘으면 시외버스도 끊겼다. 시내 여관에서 하룻밤을 자고 다음날 아침 카메라를 둘러메고 나섰다. 비행기를 타면 시간이 절약되지만 나는 굳이 배편을 고집했다. 멀고도 힘든 길을 택한 건, 바닷길을 이용해 육지를 드나들던 제주 사람들의 애환을 이해하기 위해서였다.

하늘길이 열리기 전 제주 사람들에게 육지 왕래는 목숨을 건 모험에 가까웠다. 누군가 육지 나들이를 하는 사람이 있으면 마을에서 잔치를 열어줄 정도였으니, 마지막이 될 수도 있는 험난한 여정이라는 것을 모두들 알고 있었다. 배라야 요즘 같은 대형 여객선도 아닌 자그마한 어선인데 큰 바람이라도 만나는 날엔 그 길은 황천길이나 다름없었다.

　제주도와 제주 사람들을 이해할 때까지는 절대로 하늘길로 다니지 않겠다고 결심했다. 새벽부터 한밤중까지 계속되는 여정에 몸은 고달팠지만 지금까지 보지 못했던 세상과 다양한 삶을 경험할 수 있었다.

　주로 목포항이나 완도항, 부산항에서 제주행 여객선을 탔다. 그리고 2등 선실에서 노인, 장사꾼, 뱃사람들과 어울렸고, 그들을 통해 내가 경험하지 못한 세상을 발견했다. 항로에 따라 열두 시간이 걸리기도 하는 지루한 항해에서 나는 전라도나 경상도 사람들보다는 제주도 사람들과 어울렸고, 젊은이보다는 노인들 틈에서 이야기를 들었다. 노인들은 살아 움직이는 제주도의 역사다. 그들을 통해 제주의 역사를 전해 들으면 제주 사람들의 삶을 어렴풋하게나마 이해할 수 있다.

　섬에 머무는 동안 나는 노인들과 많은 시간을 보냈다. 처음에는 그들에게서 무슨 얘기를 끄집어내야 할지 갈피를 잡지 못했다. 그러는 사이 그들의 역사를 아는 것이 맨 처음 할 일이라는 생각이 들었다. 삼성혈 신화에서 4·3 사건까지 그들의 얘기를 귀담아듣고 나름대로 제주 역사를 정리했다. 그리고 사진을 통해 무엇을 이야기할 것인가 생각했다. 무엇을 찾아서 보고 느끼고 담아야 할지 체계적으로 정리하고 계획을 세웠다.

　처음부터 제주도 전체를 이야기할 수 없으니 가능한 부분부터 집중적으로 파고들었다. 우선 해안 마을을 이해하고, 그 다음에는 중산간 마을의 삶을 들여다보기로 했다. 섬에 머무는 동안에는 시내보다 외딴 시골 노인들의 집에서 잠자리와 먹을거리를 해결했다.

노인들은 옛날 그대로의 방식으로 삶을 꾸려갔다. 아궁이에 나무를 때서 밥을 짓고, 반찬도 날된장에 푸성귀나 젓갈이 전부다. 제주 사람들의 절약정신은 유별나다. 가뭄이나 흉년에 적응하다 보니 절약이 몸에 배어 있다. 책을 통해서는 알 수 없는 그들의 삶의 비밀을 이해하기 위해 토박이들처럼 부족한 삶을 온몸으로 겪었다.

노인들을 따라 들로 나갔다. 숨쉬기조차 버거운 바람 속에서 새벽부터 저녁 어스름까지 일하는 노인들 곁에서 온종일 밭일을 거들었다. 두툼한 외투를 입어도 한겨울 찬바람을 다 막아주지는 못했다. 점심도 찬밥 한 덩이가 전부다. 일 년 내내 밭을 기어 다니며 일해도 궁색함을 면하기 힘든 게 그들의 생활이었다. 서울에선 상상조차 못했던 삶이다.

그들을 통해 내가 알고 있는 것들이 얼마나 형편없고 가치 없는지 깨달았다. 자신만만하게 세상과 삶에 대해 떠벌렸던 나 자신이 부끄러웠다. 그들의 삶에 가까이 다가갈수록 나는 말수가 적어졌다.

바닷가 마을에는 늙은 해녀들을 위해 할망 바다가 할당되어 있다. 젊은 해녀들은 깊은 바다에 들어가고 나이든 해녀들은 얕은 바다에서 물질을 한다. 위험 부담이 적은 곳은 할머니를 위한 '할망 바당'인 셈이다. 틈만 나면 할망 바당에서 물질하는 늙은 해녀들을 지켜보았다. 팔순 노인이 거동조차 불편한 몸으로 바다에 들어갔다. 그들의 노동 앞에 나는 부끄러웠다. 나의 게으름을 반성하고 작은 시련에도 움츠러들었던 지난날을 되돌아보았다.

노인들과 지내는 동안 내 삶은 많은 변화를 겪었다. 그럴수록 그들과 함께 있는 시간이 즐거웠다. 제주도의 유명인이나 예술가들과 대화하는 것보다 노인들과 지내는 시간이 내겐 더 좋았다. 제주 사람들의 삶의 비밀이 한 꺼풀씩 벗겨질수록 내가 할 일이 무엇인지 분명해졌다. 카메라에 무엇을 담아야 할지 몰라 막막했던 것들이 눈앞에 펼쳐지면서 내 마음을 달아오르게 했다.

제주 사람들의 삶을 이해하기 시작하자 무덤이 보이고 동자석도 보였다. 바람과 싸우며 척박한 땅에서 살아온 그들은 무엇을 꿈꾸는가. 유배의 땅에서 변방의 고달픈 삶을 극복하기 위해 토박이들은 '이어도'라는 유토피아를 꿈꾸었다. 그러면 이어도의 실체가 무엇인가. 무덤을 이해하지 않고는 실마리를 풀 수가 없었다. 그래서 무덤을 찍었다. 무덤을 찍다 보니 장례식과 굿판을 기웃거리게 되었다. 무덤을 찾아다니다 오름들을 만났다. 그렇게 나의 제주도 작업은 계속되었다.

작업에 몰입하다 보면 어느새 탄력이 붙는다. 그러다 예상치 못한 순간 한계에 부딪힐 때가 있다. 내가 지금 제대로 가고 있는지 의문이 생긴다. 확신했던 것들이 불확실로 변하면서 마음이 혼란 속에 빠져든다. 누군가의 조언이 필요하지만 어차피 혼자 가야 할 길이기에 스스로 마음을 다독인다. 그럴 때는 다시 들판으로 나가 노인들을 지켜본다. 시련을 견뎌낸 그들의 삶을 들여다본다. 그러다 보면 어느새 혼란스러움이 사라진다.

제주의 노인들은 죽음을 맞이하는 순간까지 자기 몫의 삶에 치열하다. 자식들에게 의지하지 않고 자기 몫의 양식은 스스로 해결하는 노인들을 통해 나는 해답을 찾곤 했다. 노인들은 나에게 답을 가르쳐주었다. 내가 만난 노인들 한 사람 한 사람의 마음을 들여다보면 크든 작든 한 덩어리의 한을 간직하고 있지만, 묵묵하게 자기 몫의 삶에 열중한다. 온갖 두려움과 불안, 유혹 따위를 극복하고 삶에 열중하는 섬의 노인들은 나의 이정표였다.

2

조금은 더 머물러도
좋을 세상

한라산, 내 영혼의 고향

날마다 사진을 찍는 나는 날마다 사진만을 생각합니다.
사진 찍는 일에 몰입해 홀로 지내는 동안, 그리운 사람들의 기억 속에서
내 존재가 잊혀져갈지라도 나의 사진 작업은 계속될 것입니다.
하늘의 변화에 따라 내 마음은 변화하고 마음의 변화에 따라
어느 한곳을 찾아갑니다. 같은 곳을 수십 번, 수백 번 반복해서
찾아가지만 늘 새로움으로 다가옵니다. 같은 곳을 삼백예순다섯 날
하루도 거르지 않고 찾아도 갈 때마다 새롭기만 합니다.
자연은 늘 사람을 설레게 하는 신비로움과 경이로움으로
충만해 있습니다. 나는 늘 긴장 속에서 자연 속을 맴돕니다.
자연에 묻혀 지내는 동안만은 아무리 작은 욕심이라도 버려야 합니다.

나에게 한라산은 온 산이 그대로 명상 센터입니다. 나는 어느 한곳에
머물지 않고 이곳저곳 떠돌아다니며 사진을 핑계 삼아 명상을 합니다.
수행자처럼 엄숙하게 자연의 소식을 기다립니다. 깊은 생각에 잠겨
내면의 소리에 몰입합니다. 내 마음은 늘 변화했고 그 변화를
필름에 담습니다. 그 시간이 하루 중 제일 소중한 시간이기에

173

동백꽃은 동박새를 유혹하지 않는다

사나흘 계속된 세찬 바람에 동백나무 가지들이 부러졌다. 유난히 꽃이 많이 달린 가지들이다. 그 꽃이 너무 아름다워 부러진 가지들을 모아보니 한 다발이다. 작은 항아리에 물을 채우고 동백꽃 가지들을 꽂아 창가에 놓았다. 유채꽃이 흐드러질 때까지 동백꽃을 지켜보며, 욕심이 과하면 화를 부른다는 옛말을 곱씹어본다.

아무 일도 하지 않고 며칠을 보냈다. 동백꽃을 바라보며 상념에 젖어들었다. 지난날의 난, 다른 꽃들처럼 서서히 시들지 않고 때가 되면 송이째 뚝 떨어지는 동백꽃처럼, 나도 그렇게 살아가겠노라 다짐하며 흔들림 없이 한 길만을 걸었다. 오체투지를 하는 구도자처럼 치열하게 매달렸다고 자부했다. 돌이켜보면 적당히 시늉만 했을 뿐이다. 열심히 하는 척하며 나 자신에 취해 젊음만 허비했다는 자책감에 우울한 생각마저 들었다.

　독하게 마음먹고 사진에만 몰입하자고 마음을 거듭 다독였다. 온몸을 내던져 쓰러질 때까지 하나에 몰입해보자. 남들이 인정할 때까지가 아니라, 나 자신이 만족할 때까지 몰입해보자. 누구도 이야기한 적이 없는 아름다움을 두 눈으로 확인해보자. 누구도 상상하지 못했던 신비로움을 온몸으로 느껴보자.

　신문과 방송에 몇 번 이름이 오르내리다 보니 밖에 나가면 알아보는 사람들이 많아졌다. 전화도 시도 때도 없이 울리고 전국에서 편지가 날아들었다. 답장을 하다 보면 작업을 건너뛰는 일이 많아졌다. 시내 출입이 잦을수록 집을 찾아오는 손님도 많아졌다. 서울 나들이할 일들이 계속 이어져 한 해를 정신없이 보냈다. 오로지 사진에만 전념하기 위해 전업 작가의 길로 들어섰건만 나도 모르게 한눈을 팔고 있었던 것이다. 나는 분명 딴 짓을 하고 있었다.

　제주도는 자고 나면 변했다. 중산간 초원에 새 길이 뚫리면 전봇대가 세워지고 건물이 들어섰다. 동서남북, 바닷가든 중산간이든 할 것 없이 구석구석 개발이 빠른 속도로 진행되었다. 그런데 나는 한눈팔며 희희낙락하고 있었던 것이다. 전쟁터를 누비는 병사처럼 잠시라도 긴장을 늦춰선 안 된다.

　며칠 동안 작업을 중단하고 제주도 생활을 더듬으며 앞으로 어떻게 해야 할지 궁리하였다. 당장 전화부터 없애버리자. 사람들과의 만남을 줄이고 철저하게 혼자가 되자. 처음에 그랬듯이 외로워지자. 외로워야 작업에만 전념할 수 있다. 제주 땅에 발을 내리고 사진 작업을 막 시작하던 때의 그 마음으로 돌아가야 한다. 시작할 때의 겸손함으로 되돌아가야 한다. 그러나 한 번 풀어진 마음을 추스르기가 쉽지 않았다. 마음이 혼란스러웠다. 온갖 상념이 꼬리를 물고 이어졌다. 긴장을 풀었던 것이 잘못이었다.

겨울답지 않게 따뜻했다. 마음이 답답해 창문을 열었다. 햇볕은 따뜻해도 바람이 차다. 전기장판의 온도를 올리고 이불 속으로 들어갔다. 이 생각 저 생각하다 설핏 잠이 들었다. 얼굴이 시려 눈을 떴다. 벌떡 일어나 창문을 닫으려고 보니 동백꽃 다발에서 뭔가 푸드득 날아올랐다. 동박새였다. 동박새가 어찌 알았는지 창가의 동백꽃을 찾아온 것이다. 제주의 텃새 중에 내가 제일 좋아하는 새가 동박새다. 몸집이 참새의 반밖에 안 되지만 내겐 너무나 아름다운 새다. 그러나 가까이에서 관찰하려고 하면 잠시도 가만히 있어주질 않는다. 그래서 늘 멀리서 지켜만 보았는데 마침 그 기회가 온 것이다.

조용히 숨을 죽이고 동박새를 지켜보았다. 동박새야, 해치지 않을게. 가까이서 네 모습을 지켜보고 싶어. 잠시면 돼.

동박새는 출구를 찾아 방 안을 날아다녔다. 창문에 부딪히길 몇 번 반복하더니 지쳤는지 날개를 힘없이 늘어뜨렸다. 나는 잽싸게 동박새를 잡았다. 손 안의 동박새는 온몸을 뒤틀고 부리로 손가락을 쪼았다. 새가 움직일 때마다 느껴지는 체온이 내 심장을 두근거리게 했다. 새의 깃털을 볼에 부비고 머리에 입을 맞추고 손바닥을 폈다. 잠시 망설이는 듯하더니 새는 열린 창문 밖으로 포르르 날아갔다. 안녕, 동박새야.

이런 일이 처음은 아니다. 들판의 야생화들을 한 다발 꺾어 병에 꽂아두면 벌과 나비가 찾아들었다. 그 녀석들도 꽃 속에서 한참을 놀다가곤 했다. 꽃을 찾아 날아드는 벌과 나비들을 볼 때마다, 내 사진도 그래야 한다고 늘 생각했다. 요란스럽게 떠벌리지 않더라도 말없이 감동을 전해줄 수 있다면 한 사람 두 사람 사진을 보러 찾아올 것이다. 나는 그런 사진을 찍기 위해 온 몸을 던져 몰입해야 하는 것이다.

그런데 그런 사진이 내게 있는가? 그 생각을 하면 우울하고 마음이 혼란스럽다. 평론가와 큐레이터, 수집가에게만 인정받는 것이 아니라, 사람들에게 감동을 줄 수 있는 사진을 찍어야 한다. 의욕은 강했지만 무언가 부족했고, 그런 사진을 찍을 수 있을지 늘 고민스러웠다.

전화를 반납했다. 어떤 편지에도 답장을 쓰지 않았고 사람들과 만나는 것도 피했다. 처음에 그랬듯이 외로움 속으로 내 자신을 몰아갔다. 외로움을 잊기 위해 온종일 들판을 걸었다. 그러다 문득 감동이 느껴지는 순간이면 사진을 찍었다. 감동을 주는 사진을 찍어야 한다는 욕심마저 털어버리고 사진 찍기 그 자체를 즐기고 싶었다. 그렇게 절로 흥이 나서 몰입하다 보면 불현듯 원하던 순간을 맞이할 것이다. 언제일지 몰라도 그때를 위해 마음을 하나로 모으자.

내가 사진에 붙잡아두려는 것은 우리 눈에 보이는 있는 그대로의 풍경이 아니다. 시시각각 변하는 들판의 빛과 바람, 구름, 비, 안개이다. 최고로 황홀한 순간은 순간에 사라지고 만다. 삽시간의 황홀이다.

셔터를 누르지 않고는 견딜 수 없는 강렬한 그 순간을 위해 같은 장소를 헤아릴 수 없이 찾아가고 또 기다렸다. 누구나 볼 수 있는 그런 풍경이 아니라 대자연이 조화를 부려 내 눈앞에 삽시간에 펼쳐지는 풍경이 완성될 때까지 기다림의 연속이다. 그 한순간을 위해 보고 느끼고, 찾고 깨닫고, 기다리기를 헤아릴 수 없이 되풀이했다.

똑같은 장소에서 바라보는 자연의 모습은 같은 계절이라도 날씨 변화에 따라 시시각각 다르다. 사람의 감정이 고여 있지 않고 늘 변화하듯, 자연도 순간순간 모습을 달리 보여준다. 그러기에 일 년 열두 달 같은 장소에서 바라보아도 늘 새로운 풍경과 마주하게 된다. 자연의 조화란 그렇듯 오묘하고 경이로운 것이다.

제주 사람들도 미처 느끼지 못하고 깨닫지 못한 섬의 아름다움과 신비로움을 사진에 표현하고 싶었다. 주변에 펼쳐져 있는 흔하디흔한 소재들을 통해 신비로움을 이야기하고 싶었다. 빛, 바람, 구름, 안개, 비… 이 모두가 조화를 이루면 제주도는 더욱 신비로움을 발한다.

동박새는 모른다. 동백꽃을 피우기까지 나무가 견뎌낸 고통의 시간을…. 동박새는 기억하려 하지 않는다. 눈, 비, 바람, 가뭄, 혹한과 무더위를…. 동박새는 꽃이 떨어지면 동백꽃을 기억하지 않는다. 동박새는 다음해 동백꽃이 피어야 다시 올 것이다.

혼자 부르던 노래마저 그치니

1999년 제주도청에서 가진 사진전이 끝났을 때다. 전시장에 걸린 사진들을 철수해 창고에 옮겨놓고 천막으로 덮었다. 운반을 도와주던 트럭 기사가 창고 안을 둘러보며 한마디 했다.

"이런 허름한 창고에서 썩게 하다니…. 운반비 대신 작품으로 하나 주시지."

창고 구석구석을 살펴본 기사는 먼지를 뒤집어쓰고 있는 사진들을 몹시 안타까워했다. 천장과 벽으로 비바람이 자유롭게 드나드는 창고에 작품을 방치하느니, 인심이나 쓰면 고마워하지 않겠냐는 것이다.

개인전을 열네 번이나 가지는 동안에도 나는 작품 판매는 아예 생각지도 않았다. 한 차례 전시가 끝나고 나면 작품들은 모두 창고로 들어가 먼지를 이고 몇 해를 묵었다. 작품을 다 걸어놓고 막상 전시가 시작되면 전시장에는 모습을 드러내지 않았다. 사진가는 사진으로 이야기하면 그만이다. 전시장에 지켜서 있으면 부족한 부분에 대한 부연 설명을 장황하게 늘어놓게 되기 십상이다. 난 어떠한 경우에도 전시장에서 작품에 대한 설명을 늘어놓지 않았다.

공연이 끝난 뒤 배우들이 텅 빈 객석을 보며 허탈감에 젖어들듯, 나 역시 전시가 끝나고 나면 허탈감을 극복하는 일이 쉽지 않았다. 아마도 몰입할 대상이 사라져버렸기 때문이리라.

작품을 내리고 다시 트럭에 옮겨 싣는 일을 기사와 함께 해치우고 나면 전시회도 끝이다. 철수하고 나면 허탈감이 몰려왔다. 그러면 허한 마음이 사라질 때까지 며칠이고 노래를 흥얼거렸다. 가사도 모르는 노래를 그저 생각나는 대로 내지르고, 듣는 이 없으니 제 멋에 겨워 어깨춤도 들썩였다.

제주도청에서 작품을 철수한 날 밤에도 그러고 싶었다. 우울할 때면 즐겨 찾는 나만의 비밀 정원에서 그날도 노래를 부르려고 했다. 몇 잔 마신 술기운 때문인지 피로 때문인지, 노래를 부르는데 갑자기 호흡이 힘들었다. 심호흡을 하고 다시 한번 시도했다. 목소리가 기어 들어가고 숨이 찼다. 처음 겪는 일이었다. 평상시처럼 큰 소리로 노래를 할 수 없었다.

그날 이후 나는 노래를 부를 수 없게 되었다. 큰 소리로 이야기를 해도 기침이 터지거나 목구멍이 간지러워지면서 호흡이 곤란해졌다. 감기도 아닌데 기침이 심해지고 침을 넘기기도 힘이 들었다.

어떤 때는 침 때문에 기도가 막혀 애를 먹기도 했다. 짜고 매운 음식을 먹을 때도 호흡이 불안해지거나 기도가 막혀 숨을 들이쉬지도 내쉬지도 못하는 처지가 되었다.

문제는 그뿐만이 아니었다. 이유 없이 허리가 몹시 아팠고, 뒷목이 당기고 목을 움직이기가 불편했다. 병원에서 엑스레이 촬영을 해보니 일단 허리와 목 디스크는 아니었다. 의사 말로는 운동 부족이라고 했다. 직업이 사진가라 운동량이 많다고 하자 의사가 웃으며 말했다.

"카메라 메고 걷는 것은 운동이 아니라 노동입니다. 맨손체조라도 부지런히 하세요. 근육을 골고루 써야 합니다. 사진 작업에만 매달리다 보면 특정 부위의 근육을 무리하게 쓰게 됩니다."

그러나 맨손체조를 하는 보람도 없이 통증은 가시지 않았다. 먹는 것이 부실하니 체력도 눈에 띄게 줄었다. 꾸준하게 영양제를 먹고 보약까지 지어다 먹어도 소용이 없었다.

뜬금없이 손이 떨렸고, 잠자는 도중에 종종 다리가 마비되었다. 그리고 이어지는 허리 통증과 관절 통증…. 나는 어머니를 식도암으로 여의었다. 암은 유전적 요인이 크다는데 나도 암이 아닐까 하는 생각마저 들었다. 정확한 병명도 치료법도 모른 채, 내 몸은 그렇게 서서히 굳어가기 시작했다.

어둠 속에서 길을 잃다

몸이 서서히 말썽을 부리기 시작하던 즈음이었다. 처음에는 영양실조 아니면 풍토병일 거라고 생각했다. 북제주군 구좌읍 대천동의 중산간 마을에 여덟 평 움막을 지어 십여 년을 사는 동안 내 몸을 너무 혹사한 탓이라고 여겼다. 생계를 위한 어떤 수단도 갖지 않은 채 눈만 뜨면 카메라를 메고 나갔던 그 십수 년간, 나는 지독하게도 가난한 사진가였다.

중산간 마을이라는 지형 탓에 대천동의 안개는 유명했다. 한라산 기슭의 원시림이 무성한데다 아침저녁으로 심한 안개가 습기를 더했다.

사람이 살아가는 데 꼭 필요한 물건들만 겨우 갖추고 사는 형편이었기에 비좁은 방을 따뜻하게 데울 만한 여력이 없었다. 춥고도 습한 그 집에서 내가 의지한 것은 달랑 일인용 전기장판이 고작이었다. 그것조차도 전기세 나가는 게 무서워 거의 사용하지 않았다. 냉골에서 오래 지내온데다 먹는 것도 시원찮았으니 몸에 문제가 생긴 것도 크게 놀랄 일은 아니었다.

내 병에 대해 의사마다 제각기 다른 소견을 내놓았다. 간이 나빠서, 신장이 상해서, 폐 기능이 떨어져서 기력이 허해서…. 엑스레이, 초음파, CT, MRI 촬영에서도 정확한 원인이 나오지 않았다.

그러다가 어느 날 삼 년 넘게 나를 괴롭히던 통증의 원인이 밝혀졌다. 생전에 들도 보도 못한 루게릭 병이라는 말을 나는 담당 의사로부터 전해들었다. 영양실조쯤으로 생각한 나는 얼마나 순진했던가. 치료약도 없이 죽음을 기다리는 고통을 누가 상상이나 할 수 있을까.

근위축성 측삭경화증, 우리에게 루게릭으로 알려진 병으로, 십만 명 중 한두 명 정도에게 발병하고 길어야 오 년을 넘기기 힘들다는 병이다. 원인도 알 수 없고, 그래서 치료약도 없는 퇴행성 질환이다. 머리에서 발끝까지 통증에 시달렸다. 자고 나면 머리카락이 한 움큼씩 빠졌고, 얼굴을 꼬집어도 별로 아픔을 느끼지 못했다. 손가락과 발가락의 근육이 사라져 뼈만 앙상하게 남았다.

그때부터 루게릭 병과 나의 눈물겨운 싸움이 시작되었다. 주변 사람들의 권유대로 한방 체질 치료에 들어갔다. 한의사는 내가 사람의 여덟 가지 체질 가운데 금음金陰에 속한다고 진단했다. 한방 치료를 시작하고부터 일 년 동안은 채소와 생선만을 먹었다. 민물 생선을 먹어서도 안 되고 뿌리채소 또한 먹을 수 없는 것이 금음 체질이다. 또 어떤 약도 먹어선 안 되기 때문에 루게릭 병의 진행 억제제인 미즈텍마저도 금지되었다.

월요일부터 수요일까지는 서울에서 지냈다. 예약 한 시간 전에 한의원에 도착해도 한두 시간 기다리는 것은 예사였다. 가끔 진료를 받으러 오는 사람도 있었지만 짧게는 몇 달, 길게는 몇 년씩 침을 맞는 중환자들이 대부분이었다. 일 년 넘게 치료에 매달렸다는 중환자들의 이야기를 귀동냥해 종합해보니 모두 효과를 보았다고 했다.

오 분 정도 치료받기 위해 스물네 시간을 기다렸다. 침을 맞고 나면 손 하나 까딱할 힘도 없어서 하루 스물네 시간을 꼬박 누워 있어야만 했다. 매주 서울과 제주를 오르내려야 하는 번거로움 때문에 치료를 포기할까도 싶었다. 한의사가 치료비 달라는 소리 않을 테니 조금만 더 해보자고 말렸다. 의사의 말에 믿음을 갖고 매달렸지만 상태는 더욱 악화되기만 할 뿐이었다.

급기야 혼자서는 서울을 오르내릴 수 없을 정도로 건강이 악화되었다. 반년 넘게 한 주도 거르지 않고 치료를 받았지만 상태가 호전되기는커녕, 걷는 것도 힘에 부쳤다. 다리가 후들거리고 근육통은 참기 어려울 정도로 고통스러웠다. 결국 침술 치료를 포기할 수밖에 없었다.

그후로 체력이 급격하게 떨어졌다. 삼십 분 이상 의자에 앉아 있기도 힘들었다. 의자 등받이나 벽에 기대도 근육이 아파 못 견딜 지경이었다. 반듯하게 누워 손 하나 까딱하지 않으면 통증이 겨우 가라앉는 듯했다. 그러나 손가락이라도 조금 움직일라치면 또다시 통증이 찾아왔다. 어느 한 군데가 아픈 것이 아니라 전신이 못 견디게 아파왔다. 조심스럽게 모로 누워보지만 그러고 나면 숨소리가 거칠어지고 호흡이 불안정해졌다.

이제 어떡해야 하나? 이대로 정말 죽음을 맞게 되는가 싶은 절망적인 날들이 계속되었다. 용하다는 의사들을 찾아 전국을 헤맨 지 어느덧 삼년, 그러는 동안 치료는커녕 기력만 소진하고 말았다. 폭풍이 치는 그믐밤, 망망대해에 나 홀로 내던져진 느낌이었다. 주위를 둘러봐도 온통 어둠뿐, 별빛이라도 보인다면 직감으로나마 방향을 잡으련만 칠흑 같은 어둠이다. 보이지도 않는 길을 찾아 이리저리 헤매며 기력을 소모할 것이 아니라 날이 밝기를 기다리자. 대책이 없을 때는 무대책이 최선일지도 모른다.

침술 치료는 단념했지만 체질 치료는 포기하지 않았다. 금음 체질인 나에게는 어떤 약도 허용되지 않았다. 특히 녹용은 극약이었다. 그런데 어떤 한의사는 적극적으로 녹용을 권했다. 또 어떤 한의사는 금음 체질에 독약이라는 인삼이나 영지버섯, 상황버섯 따위를 권했다. 나 같은 체질에는 산삼마저도 효험이 없다고 했다. 영양제도 복용해선 안 되는데 그나마 비타민 C 제재만큼은 허용되었다. 과일도 사과, 배, 호두, 잣만 가능하여 금지되는 것이 더 많았다. 한의사가 지시하는 대로 따르고 육류를 비롯한 유제품도 전혀 입에 대지 않았다.

그러자 체력이 급격히 떨어졌다. 무더위가 시작되면서부터는 의자에 앉는 것도 힘에 부쳤다. 고개를 똑바로 세울 수가 없어 인터뷰 사진을 찍으면 늘 고개가 삐딱했다. 경추 3, 4번이 튀어나와 고개를 똑바로 하려면 턱을 손으로 받쳐야 중심을 잡을 수 있다.

침대에 누워 지내는 시간이 점점 길어졌다. 바닥난 체력 때문에 누워 있어도 식은땀이 흘렀다. 어쩔 수 없이 육류를 먹기로 했다. 그리고 몸이 원하는 것은 무엇이든 먹기로 했다. 영양제도 먹고 우유도 먹었다. 그럼에도 종일 누워 지내야 하는 답답함 때문에 짜증이 나고, 짜증이 쌓이다 보니 앞이 막막했다.

어둠 속에서 길을 잃고 헤매고 있으면 누군가 다가와 길을 가르쳐준다. 그러면 그가 일러준 대로 가지만 한참을 걷다 보면 점점 늪으로 빠져들고 있음을 발견한다. 정신을 차리고 서둘러 제자리로 돌아오면 어느 누구도 책임지지 않는다.

그래서 이제는 예전처럼 쉽게 길을 물어볼 수가 없다. 수없이 반복한 시행착오를 또다시 경험해야 하는 것이 두렵기 때문이다.

막막함이 더해지면 새로운 의사나 치료법을 찾아 나서곤 했다. 내 병을 치료해줄 누군가가 있을 거라는 믿음만은 절대 버릴 수가 없었다. 버려야지 하면서도 버리지 못하는 것이 미련이다. 누군가 용하다는 새 의사를 소개하고 새 치료법이라고 권해도 이제는 흔들리지 않겠다고 마음을 단단히 먹었다. 그래도 막막함에 시달릴 때 누군가 새로운 길을 알려주면 독하게 먹은 마음도 흔들린다.

여기저기서 내 소문을 듣고 와서는 새로운 처방을 가르쳐주려는 사람들이 많았다. 몸에 좋다며 이것저것 권하는 사람들도 있었다. 그들은 하나같이 내게 희망을 불어넣어주고, 나아질 수 있다는 믿음을 강하게 심어주었다. 그때마다 나는 그들의 방법을 따랐다. 그런데도 병은 점점 깊어만 갔다.

새로운 치료에 전념하는 동안은 희망으로 가슴이 설레었다. 그러나 그런 설렘 뒤에 기다리고 있을 막막함이 이제는 싫어졌다. 벌써 몇 년째 설렘과 막막함 사이를 맴돌았다. 백약이 소용없을 때는 아픔을 끌어안고 세월에 맡기자. 세월이라면 어떤 식으로든 결말을 내줄 테니까….

　나에게 한방 체질 치료를 권해주신 분은 수녀님이다. 장애인 수용 시설의 원장인 그 수녀님은 내 갤러리의 단골손님이기도 하다. 수녀님은 체질 의학을 연구하는 전문가를 갤러리로 모셔 와서 진찰을 받도록 배려해주었고, 그 후에도 종종 들러서 나의 건강 상태를 확인하곤 한다. 수녀님을 만날 때마다 나는 장애인 시설에 내 자리를 하나 마련해달라고 부탁을 한다. 그러면 수녀님은 그저 웃기만 할 뿐이다.

　병이 깊어져 휠체어를 타야 하고, 다른 사람의 도움이 없으면 아무것도 할 수 없을 정도가 되어도 난 돌아갈 수 있는 곳이 없다. 간병인을 따로 둘 만한 형편도 못 된다. 장애인 시설에 들어갈 거라고 하면 남들은 우스갯소리로 여기지만 그 말은 진심이다. 내가 할 수 있는 만큼 최선을 다하고, 나머지는 그곳에 의탁하는 길뿐이다.

몰입의 황홀함

모두들 불가능하다고 만류했지만 사진 갤러리를 만들고야 말겠다는 내 의지를 꺾지는 못했다. 하나에 깊이 몰입하지 않는다면 나는 중환자로서 우울하고 절망적인 하루하루를 보내게 될 것이다. 처음부터 꼭 완성을 목표로 하지는 않았다. 만일 처음부터 완성을 생각했다면 시작도 못했을 것이다. 그저 오늘 하루만, 한 주만, 한 달만, 내 힘이 닿는 데까지만 해볼 생각이었다.

나는 이제 더 이상 사진을 찍을 수 없다. 온몸의 기력이 소진해 카메라를 들기는커녕 손가락 힘이 없어 셔터조차 누를 수 없기 때문이다. 고개를 옆으로 돌리거나 앞뒤로 움직일 수도 없다. 잔인한 통증 때문이다. 허리도 자유로이 움직일 수 없고 두 다리는 후들거려 중심을 잡기도 힘들다. 돌멩이 하나에도 중심을 잃고 넘어지기 일쑤이다. 팔의 근육이 녹아버려 한 손으로는 휴지 한 장 들어 올릴 수가 없다. 국물에 밥을 말아도 목으로 넘기지 못한다. 죽을 넘기기에도 힘에 부친다.

온종일 누워만 지내기에는 하루가 너무 길다. 사진을 찍을 수 없는 하루는 너무 더디 간다. 침대에 누워서 내가 할 수 있는 일이란 기적을 소망하는 것뿐이다. 지금까지 걸어온 세월을 들추며 과거를 떠올리는 것이 나의 일이다.

슬픔이 밀려온다. 무기력해진 모습에 우울해진다. 침대에 누워 우울해해도 하루는 간다. 무언가에 몰입할 수 없는 하루는 슬프다.

이것은 내가 생각했던 삶이 아니다. 나에게 허락된 하루를 절망 속에서 허무하게 떠나보낼 수는 없다. 쓰러지는 그날까지 하루를 희망으로 채워가자. 내일이 불안하다고 오늘마저 불안과 두려움 속에서 긴장하고 있을 필요는 없다. 하루하루를 희망과 설렘으로 살아가자. 또다시 오늘이 시작되면 새로운 하루에 몰입하는 것이다.

갤러리를 완성하겠다는 욕심을 버렸다. 욕심이 지나치면 화를 부른다는 옛말 때문이 아니라 내 몸의 상태를 누구보다 잘 알았기 때문이다. 내일을 생각하면 포기하고 싶었지만 오늘을 생각하면 다시금 용기가 솟구쳤다.

겨울이 되자 갤러리의 윤곽이 드러났다. 불가능하다고 생각했던 내 꿈이 조금씩 그 모습을 드러내기 시작한 것이다. 봄이 되면서 공사에도 탄력이 붙었다. 할 수 있다는 가능성에만 매달려 몸이 아프다는 사실조차 잊고 지냈다. 한결같이 만류하던 지인들이 어이없어했다. 귀신에 홀린 사람 같다고 혀를 찼다. 그럴수록 나는 갤러리를 꾸미는 일에 더 매달렸다.

2002년 여름 공사를 시작한 지 일 년여 만에 마침내 꿈에 그리던 갤러리가 완성되었다. 처음 문을 열던 날 따로 기념식을 하거나 번거로운 자리를 마련하지는 않았다. 전시 공간이 완성되었다고 해서 일이 끝난 것은 아니다. 운동장을 정원 겸 산책로로 조성하는 일이 아직 남았다. 넓지 않은 학교 운동장을 제주를 상징하는 것들로 채워 작은 제주처럼 만들고 싶었다.

갤러리가 완성되고 나서도 지인들의 걱정은 잦아들지 않았다. 누가 시골 갤러리를 찾겠느냐고, 관람객이 없어도 실망하지 말라고 지레 위로했다. 실망하지 않기 위해 마음을 단단히 먹었다. 그런데 막상 문을 열고 보니 사람들의 발길이 계속 이어졌다. 시골 마을 폐교를 이용해서 갤러리를 만들었다니 호기심으로 찾아오는 것일 테고, 한두 달 발길이 이어지다 곧 뜸해질 거라고 생각했다. 그래서 따로 사람을 들이지 않고 불편한 몸으로 직접 관람객들을 맞았다. 가을이 되자 관람객이 두 배로 늘어났다. 겨울에는 평일에도 관람객들로 북적였다.

아침부터 저녁까지 갤러리를 지켰다. 관람객들의 반응이 예상 외로 뜨거웠다. 말로는 표현하기 힘든 제주의 아름다움을 모아 폐교 운동장을 정원으로 가꾸었다. 나무와 억새, 야생초를 옮겨 심고, 밭가에 버려진 돌을 실어 와서 돌담을 쌓았다. 꾸미지 않은 듯 꾸미며 제주의 소박한 아름다움을 표현하는 것이 내가 생각하는 정원의 모습이었다.

갤러리를 통해 내 영혼을 뿌리째 뒤흔든 제주의 아름다움이 모두를 감동시킬 수 있다는 것을 깨달았다. 그럴수록 신명이 났다. 정원 산책로를 만드는 일도 계속되었다. 돌담을 쌓았다가 허물고, 허물었다가 또 쌓았다. 조화가 맞지 않다 싶으면 또다시 허물기를 반복했다. 인부들은 짜증을 부렸다. 그때마다 그들을 설득하고 다독이며 공사를 강행했다. 주위에선 미친 짓이라고 만류했다. 경북 영천에서 천연 염색을 하는 어느 지인은 편지에다 걱정 반 협박 반을 담아 보냈다.

김영갑, 이 문디 같은 자슥!

보고 오면 속 터져서 다시 안 봐야지….

저 죽을 줄 모르고 왜 자꾸 일만 벌이노!

몸뚱어리, 지금 이 상황에 몸뚱어리보다 더 중요한 게 뭐 있다고 자꾸 부수고 옮기고 그러냔 말이다. 그놈의 갤러리 확 태워버렸으면 싶다. 내 동생 같으면 장작개비로 늘씬하게 패주겠구만!

영갑이!

아무래도 죽고 싶어 환장했다 싶은 맘밖에 안 듭니다. 내 생각만 그런 게 아니라 주변 사람 모두 다 그럴 겁니다. 지금은 최고로 잘 먹고, 아니 몸뚱어리에게 잘 먹이고 천하태평 같은 마음으로 살아도 위태위태한데 어쩌자고 온몸, 온 마음 다 그 집덩어리에다 쏟아붓고 그런답니까?

멀쩡한 사람도 집 한 채 짓고 나면 심신이 지치는데 도대체 댁은 무슨 배짱이오? 힘들다는 말 듣고 찾아간 사람마다 "진짜 힘들겠다. 저러면 못 고친다. 좀 말려달라." 한결같은 소리를 합니다. "밥 해주고 신변 챙겨줄 사람을 붙여줄 수도 있고, 쌀 살 돈이 없다면 자존심 안 건드리고 도와줄 수 있지만, 저렇게 벌려서 일하는 상황에선 앞이 안 보인다" 다들 그럽니다.

왜 그리 갤러리에 집착하는지, 몸뚱어리 좋아지면 저절로 될 일들을, 왜 계속 자신을 혹사시키면서 그러지요? 솔직한 답을 듣고 싶어 제주에 한번 내려갈까 벼르고 있습니다. 제발 십만 원, 만 원… 이제 다른 데 쓰면 안 됩니다. 여태까지 몸뚱어리 혹사한 것도 모자라 지금도 그러면, 당신을 아끼고 인간으로 사랑하는 우리는 정말 슬퍼집니다.

영감 총각!

지금 무슨 생각하며 살지요? 브레이크 안 밟고 운전하는 것 같은 이 상황, 그리고 그 한계를 보여주는 건 모두에게 고문입니다.

— 2003년 4월에서 5월까지 생각, 생각하다 쓴 글.

갤러리로 직접 찾아오거나 전화로 편지로 나를 만류하는 사람들의 마음을 이해 못하는 것은 아니다. 그럼에도 내가 고집을 꺾지 않는 이유가 있다.

제주에 정착해 사진 작업을 하는 동안 들이나 바다에서 나는 보았다. 한겨울 매서운 바람에도 물질을 하는 해녀와 한여름 무더위에도 김을 매고 수확하는 노인들…. 장성한 자식들이 만류해도 노인들은 고집을 꺾지 않는다. 저승 갈 노잣돈 만들어 통장에 넣어놓고도 욕심을 부린다며 사람들이 수군거려도 개의치 않는다. 몸을 움직일 수 있는데 놀고먹는 것은 죄악이라며 새벽밥 먹고 일을 나간다. 자식들한테 짐이 되기 싫어 팔순 나이에도 노동을 하고 손수 끼니를 해결한다.

바다에서 들에서 노인들을 지켜보면서 삶에 대해 생각했다. 배운 것이 없어 평생 일만 했다는 노인들은 내게 많은 것을 일깨워주었다. 풀처럼 나무처럼 온몸으로 시련을 극복하고 살아온 노인들은 내 삶의 이정표가 되었다. 거동 불편한 몸으로 힘든 노동을 마다 않는 노인들처럼 움직일 수 있을 때까지는 일을 해야 한다. 형제들이나 이웃들에게 짐이 되지 않도록 스스로 해결해야 한다.

갤러리 공사에 몰입하는 동안 건강은 점점 악화되어갔다. 이를 악물고 일에 매달렸지만 통증을 견디기가 너무도 고통스러웠다. 모든 것을 체념하고 싶었다. 산다는 것이 견딜 수 없는 고통이었다. 하지만 여기서 체념한다면 다시는 일어설 수 없을지도 모른다. 쓰러질 때까지, 조금만 더 견디자.

거울 속 내 모습은 초라한 노인이고, 서서히 임종을 기다리는 말기 환자처럼 변해간다. 나는 거울을 보지 않는다. 거울에 비친 내 모습이 싫다. 달빛에 드러나는 그림자마저 미라의 모습이다. 내 몸 어디에도 근육이란 없다. 감출 수 없는 손발과 목, 얼굴은 뼈만 앙상하다.

그런 내 모습을 보고 관람객들은 눈물을 글썽인다. 잘 꾸며놓은 갤러리가 아까워서 어쩌느냐고 울먹인다. 고생고생해서 작업한 사진들을 어쩔 거냐고 조심스럽게 묻는다. 유언은 써놓았냐고 궁금해한다. 목사님과 수녀님은 기도할 테니 용기 잃지 말라고 위로한다. 장애인의 몸으로 어떻게 갤러리를 운영할 거냐고 걱정을 한다. 입장료를 받아야 한다며 도청으로 군청으로 방법을 알아봐주기도 한다. 찻집을 만들어라, 자판기를 들여놓아라, 후원금

함을 설치하라며 관람객들이 더 안타까워한다.

　나에게 내일이란 기약할 수 없는 시간이다. 허락된 것은 오늘 하루, 그 하루를 평화롭게 보낼 수 있으면 된다. 그러다 보면 아픔도 잊혀진다. 하나에 몰입해 있는 동안은 통증을 의식하지 못한다. 통증을 잊으려고 몰입할 수 있는 일을 찾는다. 또 다른 하루가 허락되면 또 다른 일을 찾는다. 몰입할 수 있는 일은 끝이 없어서 찾으면 꼬리를 물고 이어진다.

　하나에 몰입해 있는 동안은 오늘도 어제처럼 편안하다. 하루가 편안하도록 오늘도 하나에 몰입한다. 절망의 끝에 한 발로 서 있는 나를 유혹하는 것은 오직 마음의 평화이다. 평화만이 나를 설레게 한다.

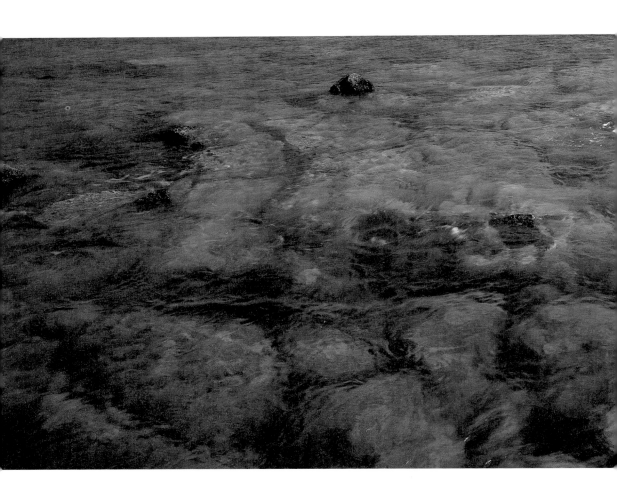

유효 기간

사람들이 식료품을 살 때 유효 기간을 확인하듯, 나는 필름과 인화지를 살 때 늘 유효 기간을 확인한다. 사람들이 먹거리에 신경을 쓰면 나는 필름에 온 신경을 집중한다. 입으로 들어가는 것은 대충대충 굶어 죽지 않을 만큼 적당히 해결한다.

내게 가장 소중한 필름과 사진도 습기 앞에선 맥을 못 춘다. 습기 제거제로 버텨내기엔 역부족이다. 해마다 여름이 끝나갈 때면 곰팡이가 심하게 핀 필름들을 물에 담갔다가 닦아내지만 얼룩이 심한 것은 태워버릴 수밖에 없다.

일 년에 한 번씩 개인전을 가진 후 창고 속에 보관해둔 사진들은 손을 쓸 수가 없다. 곰팡이 얼룩이 심한 것은 미련 없이 태우고 상태가 그런대로 양호한 것은 보관을 해둔다. 일 년 후에는 또다시 태워야 한다는 걸 알면서도 쉽게 포기하질 못한다. 일 년 안에 좀더 좋은 창고를 구하면 좋은 상태로 보관할 수 있다는 미련 때문이다.

2001년 서울 프레스센터에서 가진 사진전은 나에게 새로운 가능성을 열어주었다. IMF 여파로 관람객이 줄어든 상황에서 전시회를 한다고 주위에서 걱정이 대단했었다. 그런데 막상 전시회를 열어보니 관람객의 발길이 끊이질 않았다. 주말에는 관람객이 없으니 여행 스케줄이나 잡으라던 안내 데스크의 직원도 의외라며 고개를 갸우뚱했다. 덕분에 열여섯 번째 개인전에서 처음으로 흑자를 보았다. 전시 비용을 제하고도 돈이 남아 그동안 쌓였던 빚까지 갚을 수 있었다. 전시 기간 내내 건강 때문에 애를 먹었는데 반응이 좋아 마음은 가벼웠다.

나는 생각을 바꾸어 축사를 대충 막은 창고에 보관했던 사진들을 옮기기로 했다. 곰팡이를 양식하던 사진들을 제대로 보관하고 싶다는 욕심이 생겼다. 쓸 만한 창고를 알아보기 위해 여기저기 수소문했다. 그러던 중 남제주군 삼달리의 폐교된 초등학교를 오 년 기한으로 임대할 수 있었다. 주위의 만류를 무릅쓰고 말썽 부리는 몸을 다독이며 썰렁한 교실 여덟 칸을 개조해서 사진 갤러리로 꾸몄다.

김영갑 갤러리 두모악. 두모악은 한라산의 옛 이름이다. 내 이름을 건 갤러리가 문을 열자 사람들의 발길이 이어졌다. 길가에 이정표 하나 세우지 않아도 물어물어 찾아오는 사람들이다. 그들은 하나같이 길가에 팻말을 내붙이든지 아니면 이정표를 세우라고 성화다. 두세 번 허탕을 친 끝에 간신히 찾았다는 사람도 있다.

갤러리에 걸린 사진들을 둘러본 뒤 사람들의 반응은 각기 다르다. 제주도 사람들은 묻는다.

"이 사진들 배경이 제주도 맞아요?"

"제주 사람이 제주도를 모르면 어떡해요?"

"제주 사람인 내가 모르던 제주도를 볼 수 있어서 좋았습니다."

육지 사람들은 묻는다.

"그림 같아요. 여기 초원의 나무 있는 곳을 가려면 어디로 가야 하나요?"

갤러리를 완성했다는 기쁨은 한 달을 넘지 못했다. 여름이 끝나기 전, 천장과 벽에 곰팡이가 피기 시작했다. 전시된 작품에도 얼룩이 생기고 곰팡이가 피었다. 지은 지 사십 년 된 슬라브 건물이 말썽이었다. 방수 공사를 했는데도 빗물이 새어들었다. 어느 한 군데 손을 봐서 될 일이 아니었다.

전문가들에게 자문을 구했다. 폐교를 오 년 임대한 사람이 공사를 하기엔 일이 너무 크다고 하나같이 단념하란다. 교육청 관계자들에게 빗물이 스며든다고 설명해도 반응이 없다. 여기까지가 나의 한계다. 가난한 사진가가 자기 작품을 오래도록 보관하고 싶어 안달복달하는 것은 과욕이라고 혼란스런 마음을 달래며 체념하는 수밖에 없다.

해마다 여름이 끝나 곰팡이 핀 필름들을 태울 때마다 나는 나비박사 석주명을 떠올린다. 전국 각지에서 고생 끝에 채집한 나비 표본을 스스로 태워야 했던 그에 비하면 나는 행운아다. 나에게는 그나마 습기 제거제라도 있으니 얼마나 다행이냐. 나비를 불태울 때 석주명 박사의 심정은 어떠했을까.

돈으로 환산한다면 그동안 제주에서 찍은 사진의 필름값만 따져도 족히 이삼 억은 될 것이다. 작업량에서만큼은 타의 추종을 불허할 정도다.

　병원에서 루게릭 병 진단을 받고 내 생의 유효 기간이 정해졌을 때, 머릿속에 맨 처음 떠오른 것은 그동안 찍어둔 사진과 필름들이었다. 내가 죽고 나면 그것들을 나만큼 사랑하고 아껴줄 사람이 어디 있을까.

　내 삶의 전부인 사진들이 함부로 나뒹구는 것을 나는 원치 않는다. 그럴 바엔 차라리 내 손으로 불태워버리는 것이 낫다고 생각했다. 그러나 나에겐 석주명 선생과 같은 용기는 없었다.

　의사는 나에게 남은 삶이 길어야 사오 년이라고 했다. 혹시라도 기적이 일어나 내 몸이 씻은 듯이 완쾌된다면 몰라도, 나의 유효 기간은 이제 사오 년밖에 남지 않은 것이다. 그렇다면 남은 생애만이라도 내가 하고 싶은 얘기를 실컷 하고 쓰러지자는 심정이었다. 그래서 감행한 것이 사진 갤러리를 만드는 일이었다.

　"시내에서도 그 모양인데 누가 이런 시골까지 사진 보러 오겠다고…."

　주변 사람들의 핀잔 섞인 말도 일단 한번 결정한 내 마음을 움직이지는 못했다.

　폐교를 임대해서 공사가 끝날 때까지는 정말 기뻤다. 이제 더 이상 필름과 사진을 태우지 않아도 된다고 생각하니 가슴이 뛰었다. 수십 년을 기다린 보람이 있었다. 그 벅찬 감동을 상상하며 몸이 더 나빠지기 전에 공사를 마무리하려고 일에 매달렸다. 필름과 사진의 유효 기간을 연장할 수 있다는 기쁨 때문에 아픔도 잊을 수 있었다. 생각대로 움직여주지 않는 육신도 문제될 게 없었다. 필름과 사진만 온전하게 보관할 수 있다면 아무것도 문제되지 않았다.

갤러리만 만들면 보관에 대해서만큼은 더 이상 걱정 없을 거라고 생각했지만, 지금도 창고 한구석에서 습기를 머금고 죽어가는 사진들은 나로서도 어쩔 수가 없다. 내 필름과 사진의 유효 기간을 생각할 때마다 석주명을 떠올리며 위안을 받는다. 자기 자신만큼 나비 표본들을 아껴줄 사람이 존재하지 않는다는 것을 알고 스스로 그것들을 태워버렸던 그의 마음을 다시 한 번 떠올리게 된다.

기다림은 나의 삶

　　길을 가다 보면 예상치 못한 곳에서 갈림길이 나타나 사람을 당황하게 만든다. 어느 길로 가야 할지 몰라 주위에 물어본다. 하지만 친절하게 가르쳐줘도 망설여져 선뜻 길을 떠날 수가 없다. 오랜 고민 끝에 마침내 길을 선택한다. 친절하게 가르쳐준 이들은 엉뚱한 길을 선택하는 나를 보고 혀를 차며 안타까워한다. 편한 길 놔두고 고생을 사서 하느냐고 나무란다. 사람들은 편안하고 풍족한 삶이 보장되는 길을 가지 못해 안달복달인데 스스로 불편하고 궁핍한 생활을 선택하니 미련하고 어리석다고 야유를 보낸다.

　　제아무리 아름다운 꽃도 열흘을 넘기지 못한다. 젊음 또한 얼마 가지 않는다는 것을 알기에 나는 남들이 가지 않는 길을 선택했다. 모두들 나를 이해할 수 없다며 안타까워했다. 젊은 날의 객기이겠거니 했다.

대학 진학을 포기하고 프리랜서 사진작가가 되리라고 결심했다. 당시에는 프리랜서라는 말도 생소한 시절이었다. 여기저기 귀동냥을 해서 계획을 세우고 나름대로 준비도 마쳤다. 제주를 여러 번 오르내리며 사진 작업을 하다가 1985년에 서울을 떠났다. 주소지도 아예 제주로 옮겼다. 모두들 반대했고 일 년을 버티지 못할 거라고 장담했다. 어느 한 군데 소속되어 일해도 힘든 판국에 스폰서 없이 몇 개월을 버틸 수 있는지 두고 보자며 수군댔다.

생활은 늘 궁핍하고 불편했지만 십 년을 무사히 넘겼다. 십 년 세월을 지켜본 형제와 지인들은 그만하면 됐으니 이제 고집을 꺾고 편하게 살라고 했다. 건강을 돌보지 않으면 크게 고생할 거라고 충고했다. 취직을 하든가 돈벌이 되는 사진을 찍든가, 아니면 경제력 있는 여자 만나 편히 살라고도 했다. 하지만 나는 내 길을 고집했다. 사진 작업에만 온힘을 쏟았다. 간간이 들어오는 사진 원고 청탁도 무시하고 나만의 작업에만 몰입했다. 그렇게 신명나게 살아가던 중에 뜻밖에도 루게릭 병 판정을 받았다. 사람들의 염려대로 최악의 상황이 현실로 다가왔다.

불치병 선고를 받고 한동안은 충격에 휩싸여 지냈다. 하지만 이성의 힘을 찾은 뒤 나는 제일 먼저 폐교가 된 초등학교를 임대했다. 나는 그곳에 사진 전문 갤러리를 만들고 싶었다. 사과상자에 빼곡하게 담겨 자리를 못 잡고 있는 내 사진들을 그냥 버려둘 수가 없었다. 내가 살아 있는 동안에도 창고에 갇힌 신세를 못 면하고 있는데 내가 죽은 다음에는 애물단지나 되기 십상일 것이다. 어차피 이제는 사진을 찍을 수도 없으니 떠나기 전에 실컷 걸어두고 보고 즐기고 싶었다.

단 한 번도 사랑한다 말하지 못했다

　　　　　이 핑계 저 핑계를 대며 형제들의 갤러리 방문을 거절했다. 어떻게든 만남을 피해보려고 그럴듯한 구실을 생각해내곤 했다. 불편한 만남은 되도록 피하고 싶었다. 중환자로 변해버린 내 몰골을 확인한다면 이것저것 간섭하고 구속하려 들 게 뻔하다. 피를 나눈 형제간이라 더 고통스러울 것이다. 형제들은 늘 그랬다. 기쁜 일은 모른 척할 수 있어도 슬픈 일은 함께 나누려 했다.

　신문에 실린 내 기사를 보고 형제들이 비행기를 예약했다. 내가 한사코 반대하니 아예 비행기 시간에 맞춰 집을 나서면서 누이가 전화를 했다. 누이는 내가 좋아하는 반찬도 몇 가지 챙겨온다고 했다.

　"내 말을 그렇게 못 믿어? 냉장고에 반찬이 넘쳐. 제발 쓸데없는 짓 좀 하지 마.”

　말은 그렇게 했어도 전화를 끊고 난 뒤 형제들을 맞을 준비를 했다. 모처럼 방을 청소하고 밀린 빨래를 감추었다. 시장에 가서 밑반찬과 과일도 사두었다. 궁색하지 않은 모습을 보여주어야 서울로 가자는 잔소리를 면할 것이다.

　형제들이 제주로 내려와 밖에서 만난 적은 몇 번 있었다. 그런데 생활의 흔적이 묻어 있는 내 처소를 직접 찾기는 이번이 처음이다.

　형제들은 갤러리를 둘러보고 나서 한동안 말이 없었다. 침묵이 계속되었다. 형제들은 슬픔에 괴로워하고 있었다. 누이는 슬픔을 억누르지 못하고 흐느꼈다. 나가 있으라는 형의 말에 누이는 자리를 피했다. 형제들의 한숨이 방 안을 채웠다. 분위기가 무겁다.

　“갤러리를 잘 꾸미며 관람객이 많은들… 건강을 잃었는데 이게 다 무슨 소용이야.”

　동생이 어색한 분위기를 바꾸기 위해 술이라도 한잔하자며 식당에 가자고 했다. 형제들은 식당도 메뉴도 나보고 선택하란다. 나는 횟집을 안내해주고 약속이 있다며 갤러리로 혼자 돌아왔다. 오늘 밤은 함께 보내야 하는데 피한다고 피할 수도 없을 것이다. 그러나 흥분한 마음을 진정시킬 시간이 필요하다. 전화로 강요했듯이, 형제들은 일단 갤러리를 접고 서울로 가서 치료에 전념하자고 나를 설득할 게 틀림없다. 그렇지 않다면 이렇게들 몰려오지도 않았을 것이다.

　세수를 하고 머리를 빗고 몸단장을 해도 중환자의 모습은 면할 수 없다. 초점 잃은 눈동자, 핏기 없는 얼굴…. 깡마른 몸을 감추기 위해 긴 소매 옷을 입었지만 목, 얼굴, 어깨에 병색이 짙다. 침을 삼키는 일조차 부자연스럽고 힘들다. 턱의 힘이 약해져 달걀찜같이 부드러운 음식도 씹기가 불편하다. 심지어 죽도 넘기지 못해 애를 먹는다. 어미가 물어다준 먹이를 먹는 새처럼 고개를 들어 천장을 쳐다보며 힘겹게 음식물을 삼켜야 한다. 사람들과 함께 밥을 먹을 때면 곁눈질로 애처롭게 바라보는 시선이 부담스럽다.

어떻게 해야 형제들의 고통을 덜어줄 수 있을까…. 고민을 해보아도 내가 할 수 있는 일이 없다. 두 번 세 번 거울을 보지만 이미 짙어진 병색은 감출 수가 없다. 형제들은 인터넷을 통해 루게릭 병에 대해서 비교적 자세히 알고 있었고, 이 병에는 치료약이 없다는 사실 때문에 무척 고통스러워했다.

거울에 비친 내 모습은 건강할 때의 모습이라곤 한 군데도 남아 있지 않다. 생의 의욕을 상실한 노인의 모습만 남아 있을 뿐이다. 내가 어떤 말을 해도 형제들은 믿으려 하지 않을 것이다. 이미 두 눈으로 확인까지 했는데 그들이 내 말을 듣기나 하겠는가. 나는 어떤 변명도 하지 않기로 했다. 어눌한 말로 나 자신을 합리화시키려 들면 형제들만 고통스러울 것이다. 그저 침묵하고, 어쩔 수 없이 말을 해야 할 때는 최대한 짧게 얘기하리라. 형제들이 식당에서 돌아오기 전까지 그들과 하룻밤을 무사히 보낼 수 있는 방법에 대해 골몰했다. 서먹서먹한 형제들과의 만남은 그만큼 곤혹스러웠다.

갤러리로 돌아온 형제들은 다시 술상을 차렸다. 누이가 식당에서 사온 전복죽을 차려놓고 나를 불렀다.

"도와주는 사람이 있나 보지. 냉장고가 꽉 찼네."

"파출부가 이틀에 한 번씩 오고 밥은 갤러리 직원이 알아서 챙겨줘."

"세탁기 하나 사줄까?"

"빨래는 알아서 해주는 사람이 있어."

"신세 지는 것도 한두 번이지… 내일 하나 사자."

"됐다니까."

"그럼 청소기는?"

"됐어."

누이는 옆에 앉아 전복죽이 식기 전에 어서 먹으라고 성화였다. 본격적으로 말을 붙여보려고 덤비는 누이를 피해 부엌에서 나왔다.

술기운 탓인지 형제들의 표정은 한결 가벼워져 있었다. 형이 포도 주스를 권했다. 잔을 받아서 내려놓으려다 손이 떨려 그만 바닥에 흘리고 말았다. 동생이 바닥을 닦았다. 하필 형제들이 보는 앞에서 병자 같은 행동을 하고 만 것이다. 형제들은 한마디씩 물었다. 갤러리, 건강, 사람들의 반응 등에 대해서…. 나의 대답은 시종일관 예, 아니오, 좋아요, 맞아요로 이어졌다. 시간이 갈수록 분위기는 어색하고 무겁게 흘러갔다. 참다 못한 동생이 화를 냈다.

"말 좀 해봐. 형의 솔직한 얘기를 듣고 싶어서 온 거야. 얼굴 마주 보고 얘기하며 좋은 결과를 찾아보려고 내려왔다고. 그런데…."

"…"

"옛날의 형답게 떠벌려봐. 옛날의 그 자신만만하고 당당하던 형의 모습을 보고 싶어. 이런 모습 보려고 내려온 게 아니라고."

형제들은 한숨을 참으며 연신 술을 들이켰다. 누이가 무거운 침묵을 깨고 동생에게 나의 목욕을 시켜주라고 말했다.

"형, 목욕시켜줄게. 며칠째 무더웠잖아."

싫다고 해도 동생은 자꾸만 강요했다. 목욕이 싫으면 머리라도 감겨주겠다고 했다.

"됐어."

"아직도 고집 하나는 여전하군. 오래 살겠어."

준비 운동을 하지 않고 온종일 등산을 강행한 뒷날처럼, 온몸의 근육이 경직되어 움직일 때마다 심한 통증이 느껴졌다. 갈수록 심해지는 통증 때문에 같은 자세로 삼십 분을 버티기가 힘들다. 그런데 형제들 앞이라 두 시간 넘게 한 자세로 버티려니 무척 괴로웠다. 온몸이 허물어지는 통증을 견디지 못하고, 갤러리에 정원을 조성하는 일로 인부들이 아침 일곱 시에 오기 때문에 일찍 쉬어야겠다고 핑계를 댔다.

"일이 문제야 지금? 죽느냐 사느냐 하는 긴박한 상황에?"

"내일 서울 가자. 다른 병원에서 치료를 받아보든지 하자. 돈 걱정은 말고."

나는 단호히 거절하고 서둘러 자리를 피했다. 누이가 잠자리를 준비해주었다. 자리에 눕는 것을 도와주고 신문지에 싼 돈 뭉치를 건넸다.

"다른 데 쓰지 말고 병원비에만 써라. 병원비 없으면 언제든 말해. 이대로 포기하면 안 돼. 찾으면 치료법이 있을 거다."

그날 밤 나는 어머니를 만났다. 몇 년 만에 어머니가 꿈에 나타났다. 어머니는 장닭에다 인삼을 넣고 삶아주셨다. 급한 일 있어 서둘러 집을 나서는 나를 잡고 며칠 더 쉬었다 가라고 성화를 하셨다.

다음날 평상시처럼 여섯 시에 일어났다. 인부들이 오기 전에 작업할 것들을 챙겼다. 일곱 시에 인부들이 왔고, 석공에게는 돌담 쌓는 일을, 미장공에겐 벽돌 쌓는 일을 지시하며 바삐 움직였다. 그런 나를 지켜보던 형제들은 서둘러 갤러리를 떠났다. 함께 아침을 먹자고 했지만 간밤에 사다준 전복죽을 먹겠다고 하고 그들을 떠나보냈다.

"영갑아, 넌 뭔가 착각하고 있어. 몸이 건강해야 갤러리도 사진도 의미가 있는 거야. 네가 살아 있어야…. 고집 부리지 말고 서울로 올라와 치료에만 전념해보자."

형제들은 치료비에 보태라며 뭉칫돈을 주고 떠났다.

"널 이대로 둔다면 우린 평생 후회할 거다. 우리들 가슴에 한 맺히게 하지 말고 마음을 바꿔."

여기까지 오는 동안 나는 형제들에게 아무것도 해준 것이 없다. 제주도에 정착한 뒤로는 가족 모임은 물론 부모님 제사에도 참석하지 않았다. 남들처럼 평범하게 가정을 꾸리지도 않고 늘 밖으로 떠돌기만 하는 나에 대해 형제들은 걱정을 감추지 않았다. 그런 내가 낭떠러지로 추락하려 한다는 것을 알고 어떻게든 그것만은 막아보려 애를 쓴다.

내가 눈물을 참았듯이 형제들도 눈물을 참으며 작별을 서둘렀다. 사랑한다 말하고 싶었지만 그러지 못했다. 그 말을 하기도 전에 눈물이 먼저 흐를까봐 서둘러 자리를 피했다. 이렇게 어색하고 고통스런 만남은 상상조차 못한 것이다. 그러나 어찌할 것인가. 피하고 싶었던 최악의 상황이 내 앞에 펼쳐지고 만 것을….

그들을 보낸 뒤 침대에 누워 흐르는 눈물을 애써 참았다. 어떤 상황이 오더라도 울지 않으리라 다짐했건만, 자꾸만 눈물이 흐르는 것은 어쩔 수 없었다.

218

누이는 말없이 나를 길들였다

돌이켜보면 나만큼 구속받기 싫어하고 혼자인 것에 익숙한 사람도 드물겠다. 제주도에 정착하기 오래전부터 나는 독립의 기회만을 노렸다.

중학교에 진학하면서 난생처음 어머니 품을 떠났다. 어머니는 어린 자식 놈을 작은어머니 품에 맡겼다. 어머니와 달리 작은어머니는 잔소리가 심했고, 사사건건 간섭하고 구속했다. 두 달을 간신히 버티다가 끝내는 학교를 그만두겠다고 선언했다.

나를 설득하는 데 실패한 어머니는 이번엔 외숙모에게 보냈다. 외숙모도 작은어머니 못지않았다. 학교를 그만두겠다고 하자 방학 때까지만 참아보라고 구슬렀다. 아버지의 불호령에도 집에서 자전거를 타고 다니겠다고 고집을 부렸다. 자전거를 타기에는 통학 거리가 너무 멀다는 것을 알면서도 생떼를 썼다.

결국 외숙모 집에서도 두 달을 채우지 못하고 하숙을 하게 되었다. 하숙을 해도 불편하기는 마찬가지였다. 여름방학이 끝난 뒤에는 아예 방을 얻어 자취를 했다. 어린 나이에 밥해 먹고 빨래하는 불편을 감수하면서도 졸업할 때까지 혼자 지냈다. 혼자만의 자유로움이 있으면 어떤 불편함도 문제되지 않았다.

고등학교는 형제들과 함께 서울에서 다녔다. 혼자 사는 것에 익숙해져 있다가 형들의 간섭과 구속이 이어지자 견딜 수 없었다. 기회만 있으면 혼자 지내려 했고, 형들과 마주치는 시간을 줄이기 위해 도서관으로 친구 집으로 배회했다. 연극반에 들어갔고 경연대회 참가 때문에 학교에서 합숙하며 지냈다. 대회가 끝난 후에도 합숙을 핑계로 연극반에서 잠을 자며 생활했다. 고등학교를 졸업한 뒤에는 독서실에서 살았다. 잠자리는 불편했지만 혼자 지낼 수 있다는 자유로움 때문에 독서실 생활이 편했다.

군에서 제대한 후에는 아예 집을 나와 혼자 살았다. 형제들과 함께 생활한다면 먹고 입고 자는 것이 별 문제가 안 되겠지만, 나는 그런 편안함보다는 자유로움에 더 끌리는 인간이었다.

형들 모르게 누이는 용돈을 찔러주고 반찬을 날라주고 빨래도 해주었다. 누이만큼은 나를 설득하려 들기보다 이해하려고 노력했다. 어머니가 그랬던 것처럼 누이는 나를 감싸주며 어머니의 빈자리를 채워주려고 했다. 그런 어머니 같은 누이에게 나는 단 한 번도 동생 노릇을 해보지 못했다. 그런데도 누이는 원망이나 야속함을 내비치지 않았다.

심지어 누이의 결혼식에도 얼굴을 보이지 않았다. 조카들 돌이며 입학식, 졸업식에도 참석은커녕 선물 한 번 보낸 적이 없다. 누이는 혼자 떠도는 나를 안타깝게 지켜만 보았다. 어떻게 지내는지 궁금해 제주도를 한번 다녀가겠다고 해도 그것만은 완강하게 거절했다. 어쩌다 형제들이 제주도에 내려오더라도 내가 거처하는 생활 공간만은 보여주지 않았다. 그들에게 나의 궁색한 살림살이를 보여주는 것이 두려웠기 때문이다.

그렇게 살아온 나에게 난치병이 찾아왔다. 잘 살고 있을 거라 믿고 있던 누이는 시한부 인생이라는 말에 넋이 나갔단다. 누이가 삶의 의욕을 잃고 눈물로 지내고 있다고 형제들이 전했다. 지낼 만하다고 위로 전화를 해도 누이의 눈물은 마르지 않았다.

갤러리를 다녀간 후에도 누이의 슬픔은 계속되었다. 매일같이 전화를 걸어와 밥은 먹었느냐, 잠은 잘 자느냐, 통증은 어떠냐, 치료는 계속하느냐 같은 말을 반복했다. 나는 누이가 부담스러웠다.

그래서 내 방에 있는 전화기를 없앴다. 휴대폰도 밤에는 꺼버렸다. 그러면 누이는 음성 메시지를 남겼다. 한 달 동안 하루도 거르지 않고 전화를 해왔다. 누이는 목소리로 나의 몸 상태를 체크하고 있었다.

형제들도 섭섭해하긴 마찬가지지만 모질게도 나는 전화를 하지 않는다. 부모님의 자식으로서 형제로서, 내가 할 도리를 단 한 번도 하지 못했다. 그런데도 그들은 나 때문에 슬퍼하고 있다. 내가 그들에게 어떤 고통을 주고 있는지 헤아리면서도 애써 외면하고 지냈다.

마음 편히 지내다가도 누이를 생각하면 마음이 어두워진다. 내가 누이 때문에 괴로워하듯, 누이도 나 때문에 괴로워할 것이라 생각하면 늘 마음이 무겁다. 누이를 떠올릴 때마다 결혼하지 않은 것을 다행이라고 여기며 위안한다. 형제들을 떠올릴 때마다 가정을 꾸리지 않은 것이 현명하다고 생각한다.

누이는 어머니처럼 나를 채찍질했다. 그리고 어머니처럼 말없이 가르쳤다. 게으름을 피우거나 한눈을 팔다가도 누이를 떠올리면 제자리로 돌아올 수 있었다. 누이는 말없이 나를 길들였다. 전업 작가는 자유롭다. 자유로운 만큼 자기 관리가 힘들고 조금만 방심하면 허송세월을 보내기 십상이다. 그런 나를 누이는 늘 긴장하게 만들었다. 고집스럽게 한 길만을 갈 수 있게 늘 일깨워주었다.

여우와 두루미의 식사 초대

여름의 끝자락에서 뜻밖에도 반가운 얼굴을 만났다. 대학에서 사진을 강의하는 최 교수님 내외가 제주도로 휴가를 온 것이다. 그들은 공항에 내리자마자 곧장 내게로 달려왔다. 갤러리를 둘러본 후 나의 건강에 대해 묻고는 옛 모습을 찾아볼 수 없다며 안타까워했다.

최 교수는 이웃 마을에 사는 사진가 선배의 집에서 저녁을 함께 먹자고 했다. 십오 년 만에 함께 먹는 저녁인데 거절하기도 난처해 덜컥 약속을 해버리고 말았다. 저녁 시간에 맞춰서 차를 가지고 오겠다고 했지만 나는 갤러리에서 일을 보는 직원과 함께 가겠노라 말하고 사양했다. 그런데 막상 직원에게 중요한 약속이 생기는 바람에 같이 가기가 곤란했다.

약속한 시간이 가까워지자 어쩔 수 없이 직접 차를 끌고 나섰다. 오랜만에 운전대를 잡으니 낯설고 손의 힘이 약해 핸들을 돌리기가 힘겨웠다. 선배에게 전화를 할까 잠시 망설였다. 그래도 천천히 달리면 가능할 것도 같았다. 내 몸 상태로는 운전이 무리인 줄 알면서도 조심스레 가속 페달을 밟았다.

선배의 집에 도착하자, 야외에 숯불이 지펴지고 있었다. 고등어 굽는 냄새가 입맛을 돋우었다. 나를 위해서 특별히 준비했다는 생선회와 해물 요리가 식탁에 풍성하게 차려졌다. 술잔이 몇 순배 오가고 모두들 맛있게 먹는데 나는 멀뚱히 구경만 했다. 무릎에 팔꿈치를 받치지 않고선 숟가락 들기도 힘든 지경이니 도저히 먹을 엄두가 나지 않았다. 결국 국물에 밥을 말아서 대충 먹고 먼저 일어섰다.

"이런, 여우와 두루미의 만찬이 되고 말았구만."

즐거운 식사 분위기를 흐리고 싶지 않았지만 통증을 참아내며 앉아 있기가 괴로웠다.

한방 체질 치료에 전념하기 전까지 선배 부부는 나를 자주 저녁 식사에 초대했었다. 특별한 약속이 없으면 저녁 초대에 응했다. 그들은 제대로 씹지 못하는 나를 배려해서 늘 부드러운 음식으로 준비했다. 숟가락질이 마음대로 되지 않아 밥을 흘려도 모른 척해주었다. 그래서 선배 부부와 함께 하는 저녁 식사는 부담 없이 즐거웠다.

그런데 체질 치료에 들어가면서부터 음식을 가려 먹어야 했다. 선배 부부는 내 몫의 음식을 따로 준비해야 하는 번거로움을 감수하면서까지 저녁 식탁으로 나를 불렀다. 하지만 그 무렵부터는 그들의 초대를 매번 사양했다. 그러자 일주일에 한두 번씩은 국을 끓여 갤러리로 배달해주는 수고를 마다 하지 않았다.

시간이 지날수록 숟가락질이 힘에 부쳐 건강했을 때에 비해 식사 시간이 두 배로 걸렸다. 젓가락질은 갤러리 공사에 들어가던 무렵 포기해야 했다. 식사가 끝난 뒤 내가 앉은 자리는 아이들이 앉았던 자리처럼 늘 어지러웠다.

폐교된 초등학교를 갤러리로 꾸민다는 소문을 듣고 사람들이 찾아왔다. 그들은 하나같이 식사를 대접하고 싶어 했다. 하지만 사람들과 밥 한 끼 먹는 그 일을 나는 번번이 거절했다.

하루 일과 중 가장 힘든 것이 식사 문제이다. 식사 시간은 즐거움이라기보다 차라리 고문에 가깝다. 손을 움직이는 것 자체가 고통이다. 과자나 과일조차도 점점 멀리하고 손을 움직여야 하는 일은 의식적으로 피하게 된다. 식사도 부담이 되기에 간편한 쪽을 선호한다. 반찬에는 거의 손이 가지 않는다. 씹고 삼키는 것도 어렵지만 손을 움직여야 하는 불편함 때문이다.

세수를 하기도, 양치질을 하기도 고통스럽다. 세수는 안 해도 견딜 수 있지만 양치질만은 건너뛸 수 없다. 전동칫솔을 구했지만 손가락 힘이 없어 그것도 쉽지가 않다. 두 손으로 칫솔을 잡고 무릎에 고정한 다음 고개를 흔든다. 어렵게 칫솔질이 끝나면 그 다음 헹궈내는 것이 문제다. 양치 컵을 두 손으로 들 수가 없으니 물을 반쯤 채운 컵을 입으로 물고 조심스럽게 두 손으로 받친다. 그렇게 입 안을 헹구고 나면 옷이 흠뻑 젖는다.

손 쓰는 일을 피하다 보니 팔 힘도 손가락 힘도 점점 약해진다. 죽이라도 편안하게 먹으려면 혼자 먹는 게 낫다. 온종일 누워 있어도 때가 되면 허기가 느껴진다. 무엇이든 먹어야 한다. 만들기도 설거지도 편한 것이 죽이다.

죽이 가장 좋은 것은 먹기가 편하기 때문이다. 죽은 반찬 없이도 먹을 수 있어서 좋다. 그렇게 죽을 선호하게 되니 끼니때마다 죽만 먹게 된다.

속내를 모르는 지인들이나 관람객들은 적당히 허기만 면하고 사는 나를 안쓰러워한다. 같이 밥이라도 먹자는 그들의 말을 거절하지 못하고 어쩌다 초대에 응하게 되면 그날의 식사는 여우와 두루미의 만찬으로 끝나고 만다.

나는 먹을 복이 없다. 먹을 것이 넘쳐나도 이제는 먹을 수가 없다. 섬에서 사는 동안 끼니 문제는 나를 내내 괴롭혔다. 건강할 땐 없어서 못 먹었고 지금은 있어도 먹지 못한다. 날씨 따라 기분 따라 먹고 싶은 게 많아도 이제는 코로 먹고 눈으로 먹어야 한다. 건강할 때 맛있게 먹었던 기억만으로 만족해야 한다.

이제는 음식점 앞을, 빵집 앞을 자유로이 서성거릴 수도 없다. 식료품 코너를 관심 있게 살펴볼 이유도 없다. 코로 먹고 눈으로 먹는 것도 이제 내 의지 밖의 일이다.

하루 중에 식사 못지않게 힘든 일이 화장실을 다녀오는 일이다. 팔 힘이 약해져서 단추를 풀고 채우는 일이 무척이나 곤혹스럽다. 그나마 반듯하게 누워서 천천히 손을 움직여야 가능하다. 한번은 바지 벨트를 풀지 못해 끙끙거리다 옷을 입은 채로 실례를 해버린 일도 있다. 어이가 없었다. 무기력한 내 모습에 화가 났다. 치료 한번 제대로 못 해보고 속수무책 노인이 되어버린 상황에 분노했다. 하지만 그런 일이 한두 번 계속되자 무덤덤해졌다.

상상하지 못했던 일들이 현실로 나타났다. 몇 해 전 서울에서 치료를 받고 제주로 내려올 때의 일이다. 병원 예약 시간에 쫓겨 아침에 미리 볼일을 못 본 것이 화근이었다. 여느 때처럼 탑승 수속을 마치고 공항 대합실에서 바나나와 초콜릿으로 아침 겸 점심을 먹었다. 식사를 마치자 속이 불편했다. 탑승 시각까지는 사십여 분이나 남아 있는데다 기내보다는 대합실 화장실이 넓어 일을 보기가 편할 것 같았다.

어렵지 않게 일을 보고 일어서려는데 팔 힘이 없어 바지를 올릴 수가 없었다. 주위를 살펴봐도 보조 수단은 보이지 않았다. 바닥에 앉아도 어렵다. 누군가에게 도움을 청하려 해도 인기척조차 없다. 잠시 쉬면서 팔 근육이 안정되기를 기다렸다. 그러는 사이 탑승 시각이 다가오고 당장 나가지 않으면 비행기를 놓칠 수도 있었다. 문을 열어놓은 채로 바닥에 누워 바지를 올리고 벨트를 채웠다. 때마침 화장실에 들어온 사람들이 어리둥절한 표정으로 쳐다보았다. 일어나는 것도 쉽지 않아 바닥에 누워 버둥거렸다.

"젊은 사람이 어쩌다 이 지경이 됐나 그래?"

안타깝게 쳐다보던 노인이 다가와 일으켜준 덕분에 화장실에서 무사히 나올 수 있었다. 그러나 그날 비행기는 결국 놓치고 말았다.

길 끝에서 또 다른 길을 만나다

　　　　얼굴에서 웃음을 잃은 지 오래다. 미소를 지으면 얼굴 근육에 통증이 느껴진다. 그러다 보니 나도 모르게 웃음을 자제하게 된다. 어쩌다 기자들이 와서 인터뷰를 할 때면 모두들 카메라를 보고 웃어달라고 부탁한다. 웃으려고 하면 얼굴이 찌푸려지고 화난 표정이 된다. 그러면 다시 한번 활짝 웃어보라고 주문한다. 잠깐이면 된다고, 안 되는데도 자꾸만 부탁한다. 최선을 다해서 노력해도 안 되는 게 웃음이다. 이제는 얼굴을 꼬집어도 아프지 않다.

　　마음은 웃고 있어도 얼굴은 무표정이다. 얼굴은 마음을 나타내는 거울이라는데 그 거울에 먼지가 끼었기 때문일까. 먼지를 닦아내도 뿌옇기는 마찬가지다. 아마도 낡아서 그럴 것이다. 한여름 미풍에도 눈물이 흐른다. 바람이 차가워지면 눈물을 멈출 수가 없다. 아이들처럼 입에선 침이 흐른다. 통제가 되지 않는다. 나의 병은 운동 신경원 질환이다. 뇌의 기능은 옛날 그대로인데 운동 신경이 망가져 몸이 생각대로 움직여주지 않는다. 몸 따로, 마음 따로다.

좋은 사진을 찍겠다는 욕심을 이제는 버려야 한다. 안개 자욱한 들판에서 삽시간의 황홀을 기다리는 즐거움도 잊어야 한다. 칼바람 견디며 오름에서, 바다에서, 가쁜 숨을 참은 뒤에만 느낄 수 있는 행복도 이제는 추억으로만 만족해야 한다.

카메라를 잡을 수 없는 사진가의 삶은 날개 잃은 새의 운명처럼 시련의 연속이다. 폭풍 치는 바다에서 날지 못하는 새는 내일을 기약하기 힘들다. 새는 더 이상 짙푸른 하늘을 꿈꾸지 않는다. 카메라 셔터를 누를 수 없는 사진가는 고민하지 않는다. 눈, 비, 바람, 구름, 안개에 마음이 달아오르지 않는다. 편안하게 바라보며 잃어버린 것보다는 얻은 것을 생각하며 미소 지을 뿐이다. 이제 마음으로만 숱한 사진을 찍는다. 절망하자면 한없이 절망스런 상황이지만 그것을 뛰어넘어야 한다.

건강이 악화될수록 행동반경이 점점 좁아지고 지나온 세월을 떠올리는 시간이 많아진다. 부질없음을 알면서도 거부하지 못할 것이 과거의 추억이다. 내 앞에 펼쳐질 상황을 인정하고 받아들이자. 피하려야 피할 수도 없는 현실이다. 인정하고 끌어안으면 또 다른 길이 보일 것이다.

주위에선 여러 가지 혜택이 많다며 장애인 등록을 하라고 권했다. 하지만 일 년 넘게 결정을 못 내리고 미뤄왔다. 치료약도 없는데다 원인도 알 수 없는 불치병… 현실을 받아들이자. 나 자신이 장애인임을 애써 부정하지 말자. 갈등 끝에 장애인 등록을 하고 내 앞에 펼쳐지는 막막한 가능성을 체념하고 나니 오히려 홀가분했다. 내가 잡으려고 버둥거렸던 희망이나 바람들은 잠시 나타났다 사라지는 무지개였다. 장애인으로 살아가다 보면 또 다른 무지개가 나를 기쁘게 할 것이다.

외출이 힘들어 갤러리에만 갇혀 지내며 호흡 곤란으로 고생한다는 소식을 듣고 읍사무소 복지 담당 직원이 나를 찾아왔다. 그는 남제주군 보건소에 난치병 환자로 등록하면 매달 치료비를 받을 수 있고, 상황이 악화되면 산소 호흡기도 임대할 수 있다고 했다. 번거로운 절차는 담당자가 맡아서 다 해준다는 말까지 덧붙였다. 나는 생각할 것도 없이 거절했다. 나는 아직도 건강이 호전될 것이라고 믿는다. 의사들이 난치병으로 분류했을 뿐, 분명 회복할 수 있으리라고 확신한다.

나는 수없이 보아왔다. 다리 한쪽이 잘린 노루가 뛰어다니고, 날개에 총상을 입고도 살아남은 꿩을 두 눈으로 확인했다. 노루와 꿩이 치료받지 않고도 상처가 아물고 새 살이 돋아나는 것을 나는 보았다. 나는 난치병을 인정하지 않는다. 그것은 의사의 판단일 뿐, 난치병이란 없다. 잠시 장애를 겪어야 할 뿐이다.

많은 사람들이 용기를 잃지 말라고 격려해준다. 전화로, 편지로, 혹은 직접 찾아와서 믿음을 가지라고 어깨를 다독여준다. 한창 나이에 꿈을 접어야 한다고 많은 이들이 안타까워하고 슬퍼한다. 그러나 나는 편안하다. 하나에 몰입해 분주히 움직이느라, 단순하고 느리게 살아야 볼 수 있는 것들을 보지 못하고 느끼지 못했다. 이제껏 경험하지 못한 세상과 삶을 경험할 수 있는 지금이 나는 행복하다. 나의 하루는 평화롭다. 길이 끝나는 곳에서 또 다른 길을 찾은 것이다.

내 앞에 펼쳐진 새로운 길을 볼 수 없는 이들은 나를 몹시 가여워한다. 새로운 길이 있음을 인정하지 않는 이들은 슬퍼한다. 막다른 골목에서 새 길을 발견했으므로 나는 절망하지 않는다. 조금 힘들고 불편해도 나에게 허락된 오늘을 즐길 수 있어서 마음이 평화롭다.

구원은 멀리 있지 않다. 두려움 없이 기꺼이, 기쁘게 떠날 수 있다면 그것이 바로 구원일 게다.

폭풍우 속에서도 태양은 떠오른다

수평선에 태양이 나타나기 전 들판으로 바다로 나가 해가 떠오르길 기다린다. 그리고 태양이 수평선 너머로 사라지고 땅거미가 짙어지면 카메라를 챙긴다. 그것이 하루의 시작이자 끝이던 때가 있었다. 샐러리맨들이 직장으로 출근하듯, 비가 오든 눈이 오든 하루도 빠짐없이 카메라를 둘러메고 집을 나섰다. 사진가인 나는 그렇게 태양의 변화를 지켜보며 들판에서 바다에서 젊음을 떠나보냈다. 몸이 아파 제주도를 떠나 있을 때에도 폭풍우와 눈보라가 몰아칠 때에도, 태양은 수평선 위로 떠올랐다가 수평선 너머로 사라졌다. 태양은 늘 그랬다. 내가 태어나기 전에도 그랬고, 내가 죽은 뒤에도 그럴 것이다.

서울의 한 대학 병원에서 루게릭 병 진단을 받고도 나는 눈물을 흘리지 않았다. 머릿속이 텅 비어 과거도 미래도 사라졌다. 루게릭 병이라는 현실만이 부각되었다. 행복은 불행 뒤로 사라져 흔적조차 없었다. 폭풍이 몰려왔다. 태양의 기억도 사라졌다.

나는 자연이 주는 메시지를 통해 영혼의 구원을 꿈꾸었다. 자연의 품에서 보고 느끼고 깨달으며 영혼의 자유를 꿈꾸었다. 이십 년 세월 동안 자연의 품안에서 뒹굴었기에 마음의 평화를 얻었다고 착각하고 있었다.

행복과 불행의 중심에 서 있지 못하고 어느 한쪽으로 지나치게 기울어진 부조화의 삶에 빠져 있었다. 행복할 때 불행을 대비한다고 노력했지만, 공염불로 끝이 났음을 루게릭 병이 가르쳐주었다. 행복과 불행을 자유로이 오갈 수 있는 마음자리를 닦는다고 내 자신을 무던히도 들볶았는데, 그동안의 마음공부는 한밤중의 잠꼬대였다.

늘 마음의 준비를 하고 살아왔지만 불행이 현실로 다가오자 어이가 없었다. 예상보다 빨리 다가온 불행에 슬픔조차 느낄 수 없었다. 그렇다고 당황했던 것은 아니다. 그저 어안이 벙벙했을 뿐이다.

폭풍우 속에서도 태양이 떠오른다는 것을 모르는 사람은 없다. 다만 태양이 보이지 않으니 잠시 잊고 있을 뿐이다. 행복할 때 잠시 잊고 있는 것이다. 불행을 그림자처럼 달고 다니면서도 나는 불행이 아주 멀리 있는 것이라고 착각했다.

태양이 구름에 숨어버리면 그림자는 보이지 않는다. 그림자가 보이지 않으면 그림자를 잊어버린다. 건강할 때 건강을 지켜야 한다는 것을 알면서도 행동으로 실천하지 못했다. 건강을 위해 조금도 신경 쓰지 않았다. 몸을 혹사시키면 어떤 결과가 올지 많은 사람들이 충고했지만 나는 무시했다. 자청해서 병을 불러들인 것이다. 건강의 중요함을 알면서도 몸을 돌보지 않은 결과이다. 스스로 강하다고 생각했는데 마음이 너무도 여리다.

궂은 날에도 들판으로 바다로 나가 태양을 보았다. 그때마다 행복 뒤에 숨어 있는 불행을 생각하며 하루를 열심히 살자고 스스로를 채찍질했다. 도망칠 수 없는 절망 앞에 서 있게 될 때를 위해 하루를 신명 나게 즐겼다. 미련이나 후회가 없도록 하나에 몰입했다. 절망 앞에서 웃을 수 있도록 늘 준비하고 있었다.

죽음을 피해갈 수 없다면, 웃으면서 떠나갈 수 있도록 죽기를 각오하고 하나에 매달렸다. 절망 앞에서 여한이 없을 줄 알았다. 그런데 나는 동요하고 있었다. 분명 흔들리고 있었다. 준비는 하고 있었지만 예상보다 훨씬 빨랐기에 어이가 없었다. 슬픔도 느끼지 못했다. 평상심을 잃었다.

이십대에 자살을 시도한 후 늘 죽음에 대해 생각했다. 그래서 죽음에 대한 두려움도 불안도 없었다. 내겐 친숙한 단어였으며, 웃으면서 맞을 수 있는 순간일 거라고 생각했다. 목숨이 붙어 있는 모두가 피할 수 없는 것이 죽음이 아니던가. 그렇다면 웃으면서 맞이하자. 웃으면서 떠나가자. 그때를 위해 아낌없이, 신명 나게 살아 있음을 즐기자. 하고 싶은 일만 하고, 아름다운 것만 보고 생각하고 느끼며, 세상의 삶을 아름답게 채색하며, 내 삶을 아름답게 가꾸자.

병에 걸렸다는 사실을 잊기 위해 노력했다. 평상심을 유지하기 위해 태양이 뜨기 전부터 일어나 하루를 시작했다. 카메라를 잡을 수 없으니 사진 대신 하루를 즐겁게 보낼 수 있는 소일거리를 찾았다. 그것이 바로 사진 갤러리를 꾸미는 일이었다. 하나에 몰입해 있는 동안은 평상심을 잃지 않았고 잠자리도 편안했다.

몸은 점점 굳어가도 해야 할 무엇인가가 있는 하루는 절망적이지 않다. 설레는 가슴으로 내일을 기다리면 하루가 편안하게 흘러간다.

한겨울에 숨어 있는 봄

날짜와 요일은 신경 쓰지 않아도 시간만큼은 철저하게 확인한
다. 달이 가고 해가 바뀌는 것에 대해선 무감각해도 계절의 오고감에 대해
서는 민감하다. 나에게는 시간과 계절만 중요했을 뿐 그밖에는 어떤 것도 의
식하지 않고 살았다.

구름이 많을지, 안개가 짙을지, 비가 올지 날씨 변화만을 헤아릴 뿐, 내 나
이가 몇인지, 생일이 언제인지도 관심 밖이다. 지금까지 내 생일을 기억하고
지낸 것은 세 번 정도다. 나는 어떤 친목 모임에도 참석한 적이 없고 가까운
이들의 경조사를 챙겨본 일도 없다.

오로지 사진 하나에만 매달려 살아온 행복한 세월이었다. 카메라를 다시
잡을 수 있을지 어떨지 모르는 막막한 상황이고 보니, 그렇게 떠나보낸 세월

이 참으로 소중하게 다가온다.

사진을 찍는 것은 아침저녁으로 두세 시간 정도다. 사진은 일 초도 안 되는 시간 안에 승부를 거는 처절한 싸움이다. 한번 실수하면 그 순간은 영원히 다시 오지 않는다. 특히 삽시간의 황홀은 그렇다. 잡념에 빠지면 작업에 몰입하기 힘들다. 눈앞에 펼쳐지는 황홀함은 삽시간에 끝이 난다. 그 순간을 한번 놓치고 나면 다시 일 년을 기다려야 한다. 일 년을 기다려서 되는 거라면 그나마 다행이지만, 기다려도 되돌아오지 않는 황홀한 순간들도 있다.

제주도 기후만큼이나 사람의 감정도 변덕이 심하다. 변덕 심한 마음을 다스리기 위해 늘 소일거리를 만들었다.

찾아보면 돈이 없어도 즐길 거리는 곳곳에 널려 있다. 철 따라 피어나는 야생화와 곤충, 나무, 돌… 자연의 모든 것이 나의 동무였다. 그것들이 싫증나면 바람 따라 구름 따라, 들판으로 오름으로 바다로 흘렀다. 흐르다 보면 가슴 벅찬 감동을 만나기도 했다. 그러다 보면 일 년이 눈 깜짝할 사이에 지나갔다.

살다보면 불현듯 찾아오는 슬픔, 분노, 두려움, 절망, 그리고 힘든 상황을 극복해야 할 때마다 나는 자연에서 해답을 구했다. 그 속에 숨겨진 아름다움과 신비로움을 통해 지혜를 얻었다. 아름다움을 통해 인간은 구원받을 수 있다고 믿었다.

지금 나는 모든 치료를 거부하고 아름다운 것만 보고, 아름다운 것만 느끼고, 아름다운 것만 생각하며 자연 안에서 편안한 마음으로 하루를 보낸다. 난치병이라는 사실마저 잊고 평상심을 유지하려 애쓴다.

한라산에 폭설이 내리는 한겨울에도 갤러리 정원에는 수선화, 복수초가 핀다. 그것들이야 눈 속에 꽃을 피우는 것이 당연하지만 너도바람꽃, 미나리아재비가 눈 속에 꽃눈을 열었다. 겨울잠에서 성급하게 깨어난 개구리들도 자주 출몰한다.

무성한 이파리들을 모두 벗어버린 겨울나무처럼 내 몸도 앙상하다. 사십 대 후반인데 거동 불편한 노인의 모습으로 변했다. 그럼에도 절망하기보다는 편안하게 현실을 받아들인다. 자연에서 생활하는 동안 많은 것을 배우고 경험했기 때문이다. 그때 터득했던 지혜가 마음을 평화롭게 해준다. 현실을 인정하고 받아들이면 어떤 상황도 편안하게 맞을 수 있다.

몸은 부자유스러워도 정신만은 자유롭다. 힘든 몸으로 사진 갤러리를 열었다는 얘기를 듣고 어떤 이는 눈물을 흘리고 어떤 이는 네 번 다섯 번 찾아온다. 그들은 내 이야기에 귀를 기울인다. 몸이 허락하는 한 그들에게 많은 이야기를 들려줄 생각이다. 건강할 때보다 더디고 힘이 들지만 그들이 찾아와준다면 나의 이야기는 계속될 것이다.

이십여 년 동안 모아둔 많은 이야기들을 이제 하나 둘 꺼낼 준비가 되었다. 매서운 겨울바람 속에 피어난 너도바람꽃처럼, 고통의 끝에서 무사히 봄을 맞을 수 있다는 믿음을 버리지 않는다. 두려움 없이 나아갈 것이다. 한겨울 중에 움트는 봄의 기운을 나는 보았다. 자연의 품안에서 생활하는 동안 나는 온몸으로 보고 느꼈다. 자연의 오묘한 조화와 그 경이로움을.

살고 싶다고 해서 살아지는 것도 아니요, 죽고 싶다 해서 쉽사리 죽어지는 것도 아니다. 기적은 내 안에서 일어난다. 내 안에 있는 생명의 기운을, 희망의 끈을 나는 놓지 않는다. 사람의 능력 밖의 세계를 나는 믿는다.

이어도를 훔쳐본 작가

안성수
제주대학교 교수, 문학평론가

1

'사진을 찍다가 순교하겠다, 여한 없이 사진을 찍다가 웃으며 죽고 싶다'던 그가 5년째 루게릭 병과 싸우고 있다. 제주 섬 전체를 명상 센터로 만들고 싶다던 사진계의 장인匠人 김영갑, 그는 남제주군 삼달리의 폐교에 하얀 갤러리를 열고 오늘도 한라산의 칼바람을 맞으며 오름을 응시하고 있다.

온몸의 근육과 살을 빼앗긴 채 고목처럼 굳어가고 있는 그를 보고 있노라면 화가 치민다. 왜 신神은 지상의 천재들을 놔두지 않는가. 운명은 왜 비범한 예술가의 탐닉과 광기를 허용하지 않는가. 목숨처럼 아끼던 사진기를 내려놓은 지 5년여. 이젠 초원을 누비던 혈기는커녕 셔터를 누를 손끝의 기운마저 잃고 말았다. 뼈가 굳어 방문객과의 악수조차 자유롭지 못한 그 앞에 서면 알 수 없는 분노가 인다.

김영갑은 이 시대에 살아 있는 작가 정신의 모델이다. 예술을 위해 죽음을 두려워하지 않는 미美의 수도자, 지독한 가난과 고독, 외로움을 견디며 자연 속의 황홀경을 훔쳐본 작가, 세속을 뛰어넘어 진정한 자유와 평화를 누리며 살던 기인, 제주의 오름과 대자연을 스승처럼 받들던 자연철학자, 사진을 찍다가 죽을 수도 있기에 결혼하지 않았다는 휴머니스트, 그는 지금 현대 의학이 포기한 루게릭 병과 한 판 승부를 벌이고 있다.

누구든지 그를 만나면 할 말을 잃는다. 환자보다 문병자를 더욱 안타깝게 만드는 난치병과 싸우면서도, 그는 2년 전부터 사진 속에 투영했던 예술혼을 불러내어 관람객을 맞고 있다. 20만 장의 사진 원고를 내걸고 예술혼 굿을 여는 그는 분명 사진 무당이다. 시시각각으로 죽음이 숨을 조여와도 그는 결코 두려워하지 않는다.

2

여기에 모은 이야기는 사진에 미쳐 살아온 김영갑의 삶과 작품과 투병의 기록이다. 그러니 특별한 형식이 있을 리 없다. 거침없이 쏟아낸 자유로운 고백과 개성 있는 삶이 독자의 가슴을 흔든다. 사진 속에 이야기의 원전이 들어 있고, 이야기 속에 사진의 뒷이야기가 숨어 있다.

구술 형태로 씌어진 투병 과정의 이야기는 우리의 호흡을 멎게 한다. 발병 전, 절대 빈곤과 절대 고독의 삶 속에서 영혼꽃처럼 피워낸 이야기와 사진 작품들은 독자를 외경심의 세계로 이끈다. 그의 글과 사진 속에는 우리가 세상에서 경험하지 못한 비의秘意와 신비들이 득실거린다.

그는 작품에 전념하기 위해 모든 인연을 끊고 제주의 중산간에 묻혀 살아왔다. 필름을 사기 위해 견뎌야 했던 굶주림과 자연의 신비경을 찍기 위한 숱한 기다림은 그 자체가 수행이었다. 그 긴 고행길에 쌓인 외로움과 고독 등도 훗날 발병의 원인이 되었으리라.

김영갑은 남들이 보지 못하고, 느끼지 못하고, 깨닫지 못하는 대자연의 풍광을 찾아다니다가 소중한 것들을 잃는다. 그러나 하나뿐인 육체와 사진기를 내어준 대가로 그는 더 본질적이고 가치 있는 것을 얻는다. 범인凡人들의 카메라로는 접근 불가능한 자연의 황홀경을 담는 신기神技의 깨달음이 그것이다. 이러한 예술적 성취는 전적으로 전무후무한 자기 수련의 결과라는 점에서 의미가 크다. 그래서 그는 감히 선언한다. '20년 동안 자연에 몰입하여 발견한 것이 이어도이며, 제주인들이 꿈꾸었던 유토피아를 나는 체험했다.' 무서운 말이다.

3

김영갑은 고집불통의 작가이다. 20년 전, 사랑하는 연인과 혈육의 만류도 뿌리치고 제주에 내려와 독자적인 사진 세계를 구축하기 위해 그가 기울인 노력은 타인의 추종을 불허한다. 돈도, 명예도, 가족도, 결혼도, 자기의 육신까지도 내팽개친 채 사진만을 꿈꾸며 살아온 그의 삶은 투철한 자기와의 싸움이었다. 현란한 유혹의 시대에 살면서도 그는 자기의 예술을 위해 가난한 순교자의 길을 자청했다.

김영갑은 타고난 실존주의자이다. 청년 시절, 사르트르와 카뮈 등의 철학을 만났으나, "내가 선택한 길이 죽음으로 치닫는 지름길이라 하더라도 나는 후회하지 않을 것"이라는 신념은 그의 타고난 성격과도 무관하지 않다. 이러한 실존 의식은 그의 인생을 세 가지 길로 인도한다. 첫째는 가난한 사진작가의 길이고, 둘째는 고독한 인간의 길이며, 셋째는 투병의 길이다. 그는 극한의 가난과 외로움 속에서도 늘 참 자유인이 되기를 갈망한다. 그리고 참을 수 없는 사진에의 몰입과 창작 욕구가 그를 떠돌이처럼 홀로 살게 했다.

김영갑은 끼니를 굶으면서도 매년 아무도 초대하지 않는 개인전을 열었다. 자기 자신에게 인정받는 것이 가장 참다운 평가라고 믿기 때문이다. 그가 유독 자연의 풍경 사진에 매달리는 것은 환상적인 오르가슴의 체험과 관계가 있다. 그래서 '보아도 보이지 않고, 들어도 들리지 않으며, 잡아도 잡을 수 없는 그 무엇이 사람을 황홀하게 한다. 오늘도 그것을 깨닫기 위해 중산간의 초원에 묻혀 산다'고 말한다. 그의 환상 체험은 모든 걱정 근심을 잊은 채, 충만감에 사로잡혀 자연에 더 깊이 홀리게 한다. 그러한 신비 체험을 위해 보고, 느끼고, 찾고, 깨닫고, 기다리기를 수없이 되풀이한다.

대자연이 연출하는 오르가슴은 그에게 삽시간의 황홀로 찾아오곤 했다. 그것이 문제였던가. 조물주는 이어도의 비밀 지도를 찾아낸 낯선 방문객에게 루게릭이란 병을 내렸다. 조물주가 숨겨놓은 자연의 선경을 훔쳐보았다는 죄목으로 탄탈로스처럼 끔찍한 형벌을 받은 것인가. 김영갑은 지금 루게릭이란 화두로 완전한 이어도인이 되기 위한 마지막 시험을 치르고 있는지도 모른다.

4

김영갑은 사진에 대한 공식적 수학修學 없이 일가를 이룬 작가이다. 기교를 전혀 부리지 않으면서도 일순간에 홀현홀몰하는 대자연의 조화造化를 포착하는 신기神氣를 보여준다. 그는 일찍이 세속과 담을 쌓고 자연과 하나되는 몰입의 삶을 추구하면서 대자연의 순환 법칙과 우주의 운동 원리에 눈을 뜬다. 그는 셔터를 누르지 않고는 배길 수 없는 황홀한 깨달음의 순간을 맞기 위해 수많은 시간을 기다린다. 바로 그 절정의 순간에 작가는 자연이 주는 오묘한 오르가슴을 만끽하면서 자유와 평화가 넘치는 이어도를 필름에 담는다.

그에게 자연은 아름답지 않은 것이 없다. 다만 우리가 보고 느끼지 못할 뿐이다. 그 아름다움은 빛, 바람, 색, 온도, 습기 등이 만들어내는 대자연의 조화 속에서 순간적으로 생성되는 우주의 향연이다. 그것은 말로 설명할 수 없는 은은한 황홀이며 삽시간의 행복이다.

그러나 그의 행복은 이제 추억 속에서만 존재한다. 이어도를 본 사람은 반드시 미친다는 제주의 속설처럼, 김영갑은 지금 이어도를 훔쳐본 대가를 혹독하게 치르고 있다. 아침저녁으로 초원을 떠돌며 맑은 햇빛과 새들의 지저귐, 꽃향기와 실바람 속에서 죽는 날까지 살고 싶다던 그의 꿈은 시련에 처해 있다. 그 잔인한 투병 속에서도 그가 제주의 자연을 떠나지 못하는 것은 그곳이 바로 그의 예술의 고향이기 때문이다. 그가 결혼하지 않고 제주의 자연에 홀로 묻혀 사는 이유도 여기에 있다.

작가 김영갑은 사람이면서도 자연의 신령한 정령을 먹고살며, 자연에게 말을 걸고 자연이 들려주는 신비한 음성을 사진에 담을 줄 아는 작가이다. 그의 사진 속에서 꿈틀거리는 원초적 적막감과 그리움은 근원적으로 고독 저편 신화의 마을에서 불어오는 바람이다. 그가 루게릭 병원균에게 살과 근육을 송두리째 내주고도 살 수 있는 것은 그런 내공을 닦은 자이기에 가능한 일이다. 그는 인간이 어떻게 자연과 합일되어 아름다움을 창조하는가를 보여주는 흔치 않은 모델이다. 언젠가 그가 이어도로 자취를 감추는 날, 그의 예술도 대자연의 일부로 돌아가게 될 것이다.

그러나 아직은 아니다. 김영갑은 우리 곁에 좀더 머물러야 한다. 비록 그가 자연의 영적 신비를 누설하여 신의 노여움을 샀다 하더라도 그는 용서받을 것이다. 그는 타락한 시대를 살면서 신성한 이어도가 존재함을 입증한 희귀한 사진작가이기 때문이다.

문득, 제주 시인 김순이의 시 구절이 떠오른다. "미친 사람은 행복하다." 옳은 말이다. 이것이 바로 사진작가 김영갑이 사는 방식이다. 나는 아직 그가 세상에서 할 일이 많다는 것을 알기에 이 글탑을 광화문의 해태상처럼 그의 갤러리 앞에 세워두고 싶다.

『그 섬에 내가 있었네』의 탄생 20년을 기념하며

하응백

휴먼앤북스 대표, 문학평론가

그의 사진에는 바람 같은 것, 아니 바람이 있었다. 처음 그의 사진을 본 것은 두모악 홈페이지를 통해서였다. 2003년 장마철이었던가, 편집장이 우연히 한 사진작가의 홈페이지를 보았는데, 좋으니, 나더러 한번 보라는 것이었다. 좀 엉성한 홈페이지였지만 몇 장의 사진을 보는 순간 나는 내 마음으로 부는 바람을 보았다. 사진은 순간을 포착하는 예술이라고 했던가.

김영갑 선생의 작품은 순간만이 담겨 있지 않았다. 그의 사진에는 시간을 거슬러 시간의 흔적을 포착하려는 무엇이 있었다. 그 무엇은 바람이라는 표징으로 나타나고 있었다. 세월과 이야기가 있었다. 영원 혹은 영혼 같은 것이었다.

나는 무작정 제주도로 날아가 물어물어 삼달리 두모악으로 갔다. 폐교가 된 삼달초등학교 운동장에서 그는 일을 하고 있었다. 한눈에 보아도 병색이 완연했다. 루게릭병이라 했다. 치료약이 없는 병. 온몸의 근육이 차츰 기능을 잃어가 마지막으로 호흡하는 근육이 멈추는 병. 마침내 숨을 쉴 수 없을 때, 그 병의 주인은 삶을 마감한다. 말짱한 의식으로.

그와 인사를 나눈 후 나는 단도직입적으로 책을 내고 싶다고 했다. 그는 한마디로 거절했다. 책 출간은 거절했지만, 그의 눈빛은 따뜻했다. 말하기가 힘들어 자주 호흡을 가다듬으며 아주 천천히 자신의 사진에 대해 이야기했다. 그의 말을 들으면서 나는 그의 고집과 인간성과 예술가적 기질을 알 수 있을 것 같았다.

보름쯤 후 나는 또 두모악으로 갔다. 이번에는 준비를 했다. 그가 전에 출간한 책들을 찾아 읽고, 제주에 사는 소설가 두 분과 함께 갔다. 그리고 내가 출판업자 이전에 한 사람의 문학평론가라고 다시 소개했다. 그는 이번에는 마음을 조금 더 열어준 것 같았지만 책 출간에 대해서는 이야기하지 않았다. 나도 책 출간을 이야기하지 않았다.

보름쯤 후 다시 두모악으로 갔다. 그는 운동장의 조그만 나무 의자에 앉아 한여름의 뜨거운 햇볕을 즐기고 있는 듯했다. 나에게 순간적으로 알베르 카뮈의 소설 『이방인』의 햇빛이 떠올랐다. 그 도도한 부조리. 한 사람의 평론가가 한 사람의 예술가에게 예술을 이야기할 수 없다는 것.

다행히 그가 먼저 책 출간을 이야기했다. 책 출간은 좋은데 조건이 있다고 했다. 첫째, 자신의 사진을 절대 변형시키지 말라는 것이었다. 트리밍을 하지 말라는 것, 자신의 사진은 파노라마이니 절대로 비율을 바꾸거나 자르거나 왜곡시키지 말라는 것. 그는 자신이 잡지 같은 곳에 사진을 주면 마음대로 편집해서 화가 났었다는 말도 덧붙였다. 나 역시 그렇게 하기는 싫었으므로 꼭 그러겠다고 했다. (그래서 『그 섬에 내가 있었네』는 일반 책과 판형이 다르다. 그의 파노라마 사진을 최대한 살리기 위한 판형을 찾다 보니 그렇게 만들어질 수밖에 없었다.)

그는 또 한 가지 조건을 이야기했다. 지금 자신의 건강 상태로는 집필할 수가 없으니, 이전에 출간된 책에서 원고를 일부 뽑아 쓰고, 주된 내용은 구술하겠다는 것이었다. 나는 편집장을 틈틈이 제주로 내려보내겠으며, 구술하면 편집장이 정리해서 원고의 완성도를 높여 나가겠다고 했다. 그렇게 해서 그와 나 사이에 책 한 권을 내겠다는 합의가 이루어졌다. 2003년 7월 12일이었다.

그해 여름과 가을 그리고 겨울, 제주도에 수차례 내려갔다. 편집장도 틈이 나면 갔다. 편집장이 싹싹하면서도 세상 이치를 알 만한 나이의 처녀인지라, 총각인 그도 은근히 좋아했던 것 같기도 했다. 그리고 다음 해인 2004년 1월 17일, 『그 섬에 내가 있었네』가 세상에 나왔다.

책이 출판되면서 거의 모든 일간지에 기사가 나왔고, KBS와 MBC를 비롯한 여러 방송에서도 보도를 내보냈다. 책의 판매도 좋았다. 2024년 8월까지 약 10만 부 정도의 책이 독자들의 손에 들어갔다. 이 책에 대한 독자들의 반응은 처음 출간되던 2004년이나 20년이 지난 2023년이나 한결같이 숭고하고 뜨겁다. 한 번 보고 던져버리는 책이 아니라 서가에 계속 두고 보면서 마음의 위로를 받고, 다른 사람에게 선물하는 책이 되었다.

'영혼의 편지'를 읽으며 고흐에게서 느껴졌던 살기殺氣 돋는 예술가의 광기를, 외골수의 절절한 고독함을, 김영갑에게서도 유감없이 느껴야 했기에 맘이 서늘했다.

사진에 미쳐 눈뜬 아침부터 눈감는 밤까지 셔터만 눌려댈 적엔 필름과 인화지 값이 없어서 공포에 떨었고, 삼시세끼 끼니 때울 돈이 없어 길거리 고구마를 서리해 배고픔을 달래야 했던 그이니. 좀 먹고 살 만하니 부모가 돌아가 가슴 아픈 불효자처럼, 먹는 고생 덜 만하니 셔터조차 누를 힘이 없는, 목구멍으로 죽마저 넘기기 어려운 루게릭병을 얻어 생을 마감해야 했던, 안타까운 천재. 자신에게 괴벽스러웠던 예술가의 삶과 사랑과 가난과 그의 제주와 두모악이 가슴을 파고든다.

비와 바람이 부드럽게 제주를 감싼 첫날 오후 5시.

남원포구를 시작하는 5코스를 홀로 걸었다. 천길 낭떠러지 밑에 바다가 출렁이는 큰엉길에서 쉬멍, 책을 꺼내 사진을 들여다보며 아무렇게나 바람에 흔들리는 갈대에 내 마음을 걸어두었다.

근육이 말라 뼈만 앙상한 손과 발로 야생화를 심고 돌을 옮겨 길을 닦고, 배고픈 시절 찍은 사진을 걸어 손수 만든 두모악 갤러리를 둘러보며 김영갑의 눈물과 노동과 죽음을 가슴에 담아 오길 바랐으나 타의에 의해 3코스를 박탈당한 둘째 날 올레가 마냥 섭섭하고 원망스럽지만 내가 다시 제주에, 올레길 위에 서야 하는 이유가 되었다. 이 책을 가져간 누군가의 가슴에도 제주 바람과 외로운 예술가의 혼이 이제 막 피어나는 제주의 봄처럼 스멀스멀 피어나게 되길. _ID : 여우와 꼬리(YES24 독자)

이 책을 선택하게 된 것은 정말 탁월했다. 사진에 담은 제주의 모습도, 그 사진을 담은 사진작가 김영갑의 삶과 이야기도, 내 마음을 흔들어놓기 충분했다.

현실과 타협하지 않고, 자신이 하고 싶은 일을 하며, 자신만의 예술세계를 구축한 그의 열정이 내 마음을 사로잡았다. _ID : 밀크티(YES24 독자)

그 사진이 얼마나 예술성이 있는지, 이 작가가 얼마나 훌륭한 작가인지, 그가 펼치는 이야기가 얼마나 논리적이고 아름다운지, 혹은 슬픈지, 혹은 구구절절한지…… 는 사실 중요하지 않다. 그걸 가늠할 이유도 없다. 우리에게 그럴 자격이란 없으니까. 애초에, 거기에 섬이 있고, 거기에 그가 있(었)고, 거기에 그의 사진이 있으니까. 거기에 그가 있었던 것처럼 말이다. 그러니, 나는 여기서 거기를 그리워할 수밖에. 눈물겹도록, 사무치게. _ID : Kimji(알라딘 독자)

좋은 사람들한테 항상 선물 해주는 책입니다.
그분이 사진에 대한 열정적인 모습에 굉장한 감동을 받았어요.
하여튼 항상 선물하는 책입니다. _ID : 오서방(알라딘 독자)

각 인터넷 서점마다 수십 개씩 달린 독자들의 리뷰를 읽다 보면, 또 가슴이 찡하다. 그는 책 출간을 하고 1년 남짓 살다 갔지만, 그의 책은 독자들의 마음속에서 더 생생하게 살아, 그의 예술세계와 뜨거웠던 사랑과 삶의 경건함을 독자들에게 전해 준다. 그들이 삶에 지쳐 때로는 삶을 혐오하거나 세상을 절망할 때, 사람에 지쳐 어딘가로 떠나고 싶을 때, 그는 사진과 책으로 늘 따뜻한 위안을 보낸다. 살아남은 자들과 앞으로 이 땅에 살 자들에게, 김영갑의 삶의 흔적과 예술의 자취는 한결같은 위안이자 커다란 축복으로 다가온다.

　김영갑의 『그 섬에 내가 있었네』는 처음 발간한 2004년이나, 10년이 지난 2013년이나, 20년이 지난 2023년이나 여전히 독자에게 사랑받고 있다. 처음 10년보다 다소 판매량은 줄었지만 거의 해마다 중쇄를 거듭하고 있다. 그의 글과 사진이 독자들에게 큰 위안을 주고 있다는 증거다. 그가 몸소 아픈 몸을 이끌고 노역하면서 꾸몄던 두모악 갤러리는 이제 제주의 명소가 되었다. 수많은 사람이 두모악 갤러리를 방문하고 그가 남긴 사진을 감상한다. 많은 사람이 그의 사진에서 영원을 보기도 한다.

　그는 갔지만, 두모악의 사진에서, 『그 섬에 내가 있었네』에서, 여전히 살아 숨 쉬고 있다. 우리의 기억에서 생생히 살아 숨 쉬고 있다.

시작이 혼자였으니 끝도 혼자다.

울음으로 시작된 세상, 웃음으로 끝내기 위해 하나에 몰입했다.

흙으로 돌아가, 나무가 되고 풀이 되어 꽃 피우고 열매 맺기를 소망했다.

대지의 흙은 아름다운 세상을 더 눈부시게 만드는 생명의 기운이다.

흙으로 돌아갈 줄을 아는 생명은 자기 몫의 삶에 열심이다.

만 가지 생명이 씨줄로 날줄로 어우러진 세상은 참으로 아름답다.

천국보다 아름다운 세상에 살면서도

사람들은 또 다른 이어도를 꿈꾸며 살아갈 것이다.

이 책에 게재된 김영갑의 사진들

C617.1046

C617.917

C617.912

C617.1047

C617.918

C617.1009

C617.891

C617.889

C617.903

C617.807

C617.879

C617.897

C617.882

C617.919

C617.904

C617.881

C617.908

C617.892

C617.1021

C617.886

C617.907

C617.1022

C617.885

C617.906

C617.802

C617.920

C617.1012

C617.1013

C617.901

C617.899

C617.915

C617.902

C617.898

C617,916

C617,1008

C617,900

C617,909

C617,851

C617,1018

C617,883

C617,840

C617,913

C617,1016

C617,910

C617,914

C617,1017

C617,905

C617,1010

C617,887

C617,890

C617,1011

C617,896

C617,1014

C617,921

C617,888

C617,1015

C617,1007

C617,922

C617,1019

C617,895

C617,880

C617,893

C617,801

C617,1020

C617,894

C617,924

하날 오름관

김영갑갤러리두모악 전경

유품 전시실

김영갑 갤러리 두모악

입장 할인권

절취선을 오려 오시면 2인에 한해 각각
입장료를 1,000원씩 할인해 드립니다.

절취선

찾아오시는 길

• 제주시 출발
시외버스터미널 → 720번 버스(번영로 노선) →
표선 하차 후 환승 → 701번 버스(동일주 성산방면) →
삼달 2리 하차 → 도보 1,4Km

• 서귀포시 출발
시외버스터미널 → 701번 버스(동일주 성산방면) →
삼달2리 하차 → (맞은편) 도보 1,4Km

• 성산, 고성 출발
701번 버스(동일주 서귀포 방면) → 삼달 2리 하차 →
도보 1,4Km

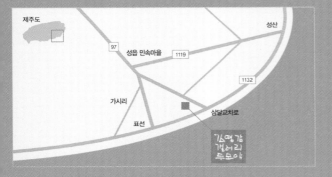

제주도 서귀포시 성산읍 삼달로 137
tel 064-784-9907 | fax 064-784-9906 | www.dumoak.com